白辟的诗

阳光文库

白麟的诗

白 麟 —— 著

黄河出版传媒集团
阳光出版社

图书在版编目（CIP）数据

白麟的诗 / 白麟著. -- 银川：阳光出版社，
2019.11
（阳光文库）
ISBN 978-7-5525-5115-0

Ⅰ. ①白… Ⅱ. ①白… Ⅲ. ①诗集－中国－当代
Ⅳ. ①I227

中国版本图书馆CIP数据核字(2019)第272771号

白麟的诗

白　麟　著

责任编辑　胡　鹏
封面设计　晨　皓
责任印制　岳建宁

黄河出版传媒集团
阳 光 出 版 社　出版发行

出 版 人　薛文斌
地　　址　宁夏银川市北京东路139号出版大厦（750001）
网　　址　http://www.ygchbs.com
网上书店　http://shop129132959.taobao.com
电子信箱　yangguangchubanshe@163.com
邮购电话　0951-5014139
经　　销　全国新华书店
印刷装订　宁夏凤鸣彩印广告有限公司
印刷委托书号　（宁）0015629

开　　本　720mm×980mm　1/16
印　　张　13.25
字　　数　150千字
版　　次　2019年11月第1版
印　　次　2020年1月第1次印刷
书　　号　ISBN 978-7-5525-5115-0
定　　价　36.00元

目录/CONTENTS

第一辑·浮世绘

第四辑·风雅颂

附录

（带★篇目为朗读篇目）

第一辑

浮世绘

人到中年（组诗）

火 种

夜色最容易发现
那些值得珍藏的火焰

孩子们挑着灯笼夜游
萤火虫一般追逐嬉闹
却照见老气横秋的我们
成了被时光抛弃的游子
在越发浓密的乡愁里
找寻一去不返的
童真

一如被列车带去远方的流光
保存多年最终还是被烧掉的情书
一如梦里父母越发模糊的面影
夜半惊醒后眼里熬出的血红

连同街边焚化的纸钱和坟头飘摇的磷火

一起悼亡

灰烬里的丁点火星

风雪吹灭烛火残年

迎春花又点亮人间灯盏

谁能穿越轮回

蝉联时光的主人

渺渺星光　　恒久　　高远

一瞥未可置否的回眸

可是隐藏在宇宙深处的

火种

见不得

是不是年岁跟泪点逆行

见不得孩童辛酸的眼神

见不得父母受难的场景

甚至见不得恋人被误解的委屈

包括对异类的虐行

尤其父母相继离世

更见不得亲情钻心的细节

唯恐躲避不及

被这些仿佛有预谋的字腿

踢伤

见不得不幸

见不得绝望的哭泣

哪怕一些模拟的悲剧

也会迎风落泪

哦！我迟到的人生

中年才开始启蒙

学习感恩草木慈悲为怀

才明白世间万物

都是曾被自己忽视的

故乡

越来越见不得往事

是不是也会被时光

越来越漠视

善谋的老虎钻进中年

明显迟缓下来

我是说像我这样人到中年

青春衰减得厉害

挣扎　　扭曲

迟早会蜕成一堆蛇皮
据说这东西入药祛风湿明目
还治小儿惊痫喉肿等症
这么想着　坦然多了
但许多明亮的东西不由分说
偷偷收敛

无厘头的焦虑
常常淹没安详
夜半醒来思绪混乱
父亲走后前路隐约可见
自己的后路呢

那些理想那些热血那些拼搏那些争斗
眼看着一走了之
就剩这副游刃有余的皮囊
让时光一点点蚕食

还有什么可留恋的
该走的　早随爱情一块逃离
该留的　成为暗疾
像一只善谋的老虎
埋伏在通往年迈的半道
准备发动奇袭

日 常 （组诗）

迷 路

在城里买的新房
打算开春了再装修

一只麻雀
从提前打好的空调管线里钻进来
估计它是想取取暖
才做了不速之客
等我看到的时候
一具干尸
成了迷路的代价
最终被垃圾场
焚尸灭迹

不光是鸟兽进城走投无路
偶然一次误入歧途

就可能断送前程以至性命
像这只无辜的麻雀
死得不明不白
叫人说什么好呢

人海、瀚海，宦海、沧海
四海之内皆迷津
一不留神
便会失联

菊　花
——悼同事冯

第一次给你献花
没想到是在灵堂
青春的笑靥
被一圈盛装的菊花
镶上白边

难防埋伏在时光背后的暗箭
甚至下一秒也无法预料
谁又会被偷袭

生死戛然而止
对心里还有明天的人来说

是否太过残忍

愧疚第一次给母亲献花
就在灵前
现在给你
一个年轻的母亲送花
满目花团锦簇
让我尴尬得回不过神来
好像做了见不得人的事

饮　茶

自打父母从人间走失
生死似乎一土之隔
闲余爱一个人喝茶
品味

喝茶，也就是
暂时归隐山林
在故乡之泉
洗心

人何尝不是一叶茶呢
从最初的惊慌失措
到最后的淡定从容

沉在杯底的
就剩一寸
出神入化的
光阴

这些落叶要做壮士

眼见越来越多的树叶
被寒风一遍遍敲打
身形愈发单薄

曾经青枝玉叶的吟唱
早被候鸟带去远方
而后让霜雪越擦越硬
直到败下阵来
直到交出土黄色的
金印

我在窗内见证这支队伍
坚守高地
为大雪即将发动的攻势
断后

一面烽烟残卷的战旗
非要等到最后一搏

才摇摇晃晃
不甘地倒地

这些落叶呀
要做壮士

捡垃圾的

随手扔掉的废品垃圾
不一会就被翻捡拿走
后来才发现是楼下的老妇
从乡下来给看孙子
小心翼翼的样子很像我母亲
于是每次扔完赶紧走开
怕撞见让她失了脸面

其实街上这样的拾荒者不少
也包括环卫工
徒手伸进不知底细的垃圾箱
万一被玻璃碴之类扎了咋办
不过看他们坦然的样子
习以为常

多想送一双手套
或者叫扔垃圾的把危险品包起来再扔

好让这些卑微之人

再少一点血淋淋的

伤口

搓澡的艺术家

赤诚相见

在澡堂才找到它的原意

搓澡师傅多是扬州人

技艺精湛手法温柔

但我最爱本地的

搓完澡后再给你敲背

会按着传统的鼓点

嚓、嚓、咚咚咚

嚓嚓嚓嚓、咚咚咚

轻重交织手法密集

最后就成了拍声嘹亮的交响乐

我发现这时候

他们就成了艺术家

狂妄　投入　自得其乐

叫我想起儿时过年

乡亲们敲锣打鼓吼秦腔

声震河山

秋日素描（组诗）

秋　天

雁阵追随风流的白云

远走高飞

他们私奔了也好

免得和雪见面尴尬

北方的秋天

一下子高了

玉米辣子结队爬上屋檐

红着脸从高处瞭望村口

游子爱不释手的表白

曾让他们情窦初开

除了枝头留给最后一批撤离的鸟

几枚火罐柿子

故乡的田野

一下子空了

翻箱倒柜的衣被

和收藏了多年的旧物

包括年轻时顾不得多看几眼的信件

也挤在宽容的秋阳里取暖

省出点地方的心呐

一下子轻了

那么多下岗的人

被谁掏空了青春

只得跟悲伤的叶子一起坠落

冷风一吹

缩着脖颈

随便躲进一处犄角旮旯

一下子没了

秋天难道就这样

席卷大地

为先声夺人的严冬

腾开道场

秋　红

从盛夏逃离出来

草木累得得了痨病

寒露刚过便开始咯血

起初只一星半点

后来竟大口大口地吐

把整座整座的山

都给洇红了

秋风本想帮忙止血

可长长的绷带顾此失彼

东边日头西边雨

能救到啥程度就啥程度吧

夜的翅膀早早夯起

扑棱一扇

就把孤苦伶仃的残阳

掳走

一地落叶

是它遗在人间

带血的羽毛

秋　色

艳阳随寒露一起跌入丛林

叶子开始燃烧并迅速蔓延

火舌越伸越长

舔翻山岭

直奔日暮乡关

我在秋水冰凉的眸子里

遥望故乡

万事沉寂下来

连父母坟头的纸幡

也被霜天打落

山影重重　心事重重

熟悉的号码顺手一拨

才猛然想起

父母的声音已从这个世界

永远消失

秋色深重

回乡踩出的脚步

旋即被露水

打湿眼眶

秋　辞

你们

卑微地活了一辈子

又分头在深秋的两个深夜

突然离开

连一句遗言都舍不得留下

就匆忙赶赴

下一个故乡

你们

让愧疚的泪水

在曾是我最喜欢的季节

结成秋霜化作雾霭

却从不远离老家的方向

大地带走尸骨

大风吹走爱恨

父母啊!

但愿儿削薄的诗句

会在隔世的梦里

继续喊出

对你们

久违的称呼

秋　游

亲眼见证万物盛极而衰

是进行人生教育最好的课堂

优雅的荷如今残枝败叶

还要尽力开好最后一朵红花

美人迟暮

不应如此悲伤

叶子到了最后关头

才肯亮出自己藏了半辈子的心思

火红火红的爱情

用不着如此断肠

霜

是最好的明矾

它会诚实地告诉世界

沉静下来接受每况愈下的风霜

才能学会珍惜懂得成长

纸醉金迷的时代

需要清心寡欲

让轻浮的云朵落地

让雪擦拭每个人的思想

断 想（组诗）

呼 吸

昨夜星光闪烁

天空和大地一同呼吸

一两颗流星

在传递亘古的暗语

呼吸之间

出生入死

吸第一口气

婴孩哭声响亮

像雄鸡叫开黎明的门扉

而那呼出的最后一口气

多么微弱

却将故乡鼓起一座坟包

大地呢喃

庄稼一茬茬枯荣

新娘子娇喘几下

满院子人丁兴旺

还有花鸟虫鱼

活色生香

这世界山呼海啸

我倒吸一口凉气

寂灭一张一翕

在演奏前世今生的招魂曲

逃　离

逃离战乱

逃离灾难

逃离丑恶的交易

逃离险恶的谎言

逃离情色

逃离羁绊

逃离痛不欲生的眼神

逃离不堪重负的挂牵

逃离生死

逃离定律

逃离正在衰竭的万物
逃离尘埃裹挟的人寰

还给你

把花朵还给春天
让枯朽留下来

把悲欢还给岁月
让孤寂留下来

把苦难还给今生
让爱留下来

把呼吸还给人间
让风留下来

把骨骸还给大地
让火留下来

把名字还给你
让心留下来

光　影

把光投进水里
长出火焰，和爱情

童话，浮光掠影
生活，静水流深

冰冷
跟坚硬的石头沆瀣一气

水底，泥沙俱下
进不来一丝光影

春 天（组诗）

春天盛大

鸟为盛大的花树欢呼
我为盛大的春天惊叹

阳光亮得晃眼
甚至叫人生出些不真实的幻觉
良辰美景突如其来
多数游客一时半会还消受不起
习惯在背阴处打量

多好呀！春天把深埋的忧伤
和淤积的寒气
统统赶出家门
跟放开手脚的草木一起在原野露面
跟起身的麦苗交谈往事
然后，再扯出丝蔓

哪怕给他们一小块春天

蚯蚓悄悄给大地疏通血管
人群声势浩大地抢占春天

花事纷繁
春色迷乱
众多路口摊开激情的手掌
叫一家人不知所措

只是，在小的角落
一群蚂蚁还顾不上这大好春光
它们明火执仗地列队
奔赴下一场夺食征战

辜负了满园春光的
还有毗邻的儿童福利院
那些足不出户的孩子
与春天，只一墙之隔

哪怕给他们一小块春天
也好哇

雪的怀念（组诗）

最后的雪

越磨越利的雪光
到最后　锋芒毕露
美丽的钢蓝
让人怀疑它最初的羞怯与贞洁

带刀的女人
在越来越短的冬夜
迫不及待
追杀她曾钟爱的情人

一个季节带伤逃北
一个季节迎笑谄媚
只是　雪线无法忍受
被虚情一步步击败了的雨水

最后的雪

不再纯粹

这临汛的花朵

这可怕的陨落

忆初雪

似乎漫长的日子

都在等待

这么一场沐浴的仪式

雪白的幕布

回首的笑靥

起初也只是些七零八碎的粒子

后来就越下越大

像当年抽泣的泪珠

埋在一个人的怀里

才开始放声痛哭

这或许就是青春吧

被火热的眼神灼伤

就变成一颗留有毒痕的土豆

又仿佛一口枯死的老井

漫天大雪中

才知道心底

尚有一丝温暖的呼吸

事隔多年的爱情

在风干裂的唇边

呢喃一句

下雪了

雪 花

绝望的花朵

被扔出窗外

我想挽留一瓣爱情的标本

可滴在掌心的

是小小的泪

一丛一丛的泪光后面

藏着让人心疼的眼神

漫天齑粉纷纷飞而下

雪白雪白的

像僧尼临终前

故土亲人最后的闪念

雪花离春天最近

开得不惜一切

可谁会珍惜

一个过客的

冰清玉洁

暗　探（组诗）

深　潜

面对土地

我想潜得再深些

滤掉浮生

内心纯净

那些被忽略的暗河

被忽视的暗物质

包括深藏不露的炽烈的地火

都被地上的阳光

掩盖

我要做个暗探

潜入深渊

寻找很多见不得光的

真相

也许，没有光的地方
更能看清光的方向

落　叶

在大雪到来之前
落木萧萧而下
大地失色青春伤悲
一场紧似一场的秋风
将游子洗劫一空

有秋雨雾霾霜露，榨干
最后一滴泪水
叶子厚积薄发
卑微的呼唤甚至呼号
怎留得住绿荷远走高飞的衣袖
孩子呀！小手挣扎着
伸张在空荡荡的村口
还想竭力挽留衣食父母
一池枯枝残蓬
定格这个时代普通人的命运

乡间残存的小柿子
脸蛋冻得血红却依然选择守望
并坚信青枝玉叶还会重返人世

故乡呀！不等雪来讨债

自己已满头飞霜

还有多少牵挂

滞在流年之上

如眼前这些速朽的落叶

早已被旋舞的年轮暗中放弃

乡　土

乡土

被楼林立交高速产业园

这些贴满现代标签的刀俎

一再打压　切割

如罂粟妖冶的毒瘾

空洞的怀念只能加剧

抱残守缺的病情

失地的农民

并不感到绝望

或者只是大病前的麻木

他们儿孙的命运

将诅咒延后兑现

用眼泪引爆

锦衣玉食或者叫醉生梦死
才能看到卑微者的疼痛
而他们无能为力
甚而自暴自弃
只能与被流放的生活
拼命

沉　　默

拿掉崭露头角的花叶
青春也随之凋零
这时刻，浮世与你
焦枯的思想对峙
展现各自残酷的绝技

他们沆瀣一气
而你我，三缄其口
只有屈辱地沉默
泪水又怎能止住
溃败的世相

万马齐喑
内心微弱的烛火
能否照亮
曾经确认过的
前程

杂 记（组诗）

冬日的晨光

冬天一大早
太阳从地球的南门出来散步
北方的影子就狠劲偏北
西北风的攻势也越发凌厉

大家都赶着上班
没有人注意到岁暮的晨光有多明亮
可惜啊！城市巨大的螺旋桨
将整面阳光的绸缎绞碎
漏在大路上凌乱的光影
其实是浮出海面的残渣碎片

镀金的高楼
恍若潜艇露在水面的塔楼
或是巨鲸的尾鳍

而更多的人和街道一样

被遮蔽——

成了深海的游鱼

一堵屏风

将暖暖的晨光拦在早晨之外

我们被埋在

谁巨大的阴影里

望春风

新开的花朵和新栽的墓碑

哪一支是颂辞

哪一支是挽歌

春天的路上　迎亲的唢呐

和送葬的花圈擦肩而过

枝头小小的花瓣

却在飘满天庭的纸钱下

零落成泥

生死交错间　春天

是否有一种深远的寓意

繁茂的春天啊

来得远没有想象中的那么简洁

在瘟疫甚至罪恶的胁迫中
热爱生命的人群
跟这些可怜的牛羊一样
总是胆战心惊
在危机四伏的季节里迁徙

墓穴之上　望春深似海
一些伴侣正坐在花心
想着春天美好的事情

春天，我梦见生病的海子

就在今天的午后，我梦见海子
很配合两个白衣天使的照料
坐在病床上跟我聊得起劲
他眼神温和单纯
说话依然像个大孩子

外面春光正好
顺着他的视线
我从窗户出来
一下子融入光天化日
唯独不见自己的影子

谁让我手摁纯金的诗典

暗自发誓

愿做浩荡的春风

走遍山乡，村落

点亮草木迟到的梦想

这一刻，我化入明媚的熔炉

分蘖十万个海子

投身已开始起潮的春海

替他照看

在尘世获得幸福的人们

游走城市（组诗）

白　云

其实我见过这座城市的白云
那么白　像羊羔的毛皮
这些白云不在天上
而游走在城市边缘
几户弹棉花的匠人左右

一张状似虹影的弓在嘣嘣歌唱
杂乱无章的棉花们就开始伴舞
然后滥竽充数的败絮
被挑拣出来
一席白云呼之欲出
绵软得叫人想伸手摸一把

棉花越弹越轻
越接近云的高度

跟民歌异曲同工

而这等绝活早已被城市唾弃

我看非物质文化遗产保护名录

也该把这项传统手艺申报进去

蓦然想起那一次北归航旅

童话般的云彩在脚下的南方洁白　轻盈

像梦中的白天鹅

我奢望在天上摘几朵棉花铺在身下

一定比广告中的被褥舒坦

可掠过北方天空

那么多漂浮的黑心棉

叫人不寒而栗

弹棉花的外乡师傅

成天不厌其烦地为别人演奏室内乐

或许到了夜晚

那一地白白的月光

才是他们弹给自己的棉床

感谢垃圾场

在城市生活了多年

也是头一次看到政府开办的垃圾场

没想到远郊的某个僻静处

竟活跃着这么一支庞大的从业军团

男女老少齐上阵的场面

仿佛回到了人民公社时代

抡锄挥耙提篮背篓

拣杂拾遗变废为宝

热火朝天的景象

在这人满为患的年头　罕见呐

我立马就联想到乡下

拾麦穗的老母挽着攀笼

一边瞅拾撒落的麦穗

一边埋怨收割机糟蹋太多

还是镰刀割得干净

我感叹垃圾场盛况空前

却惊诧会有众多的无业游民

在这种环境生存

找到一份养家糊口的岗位

我想他们应该属于贫困潦倒的社会最底层

混迹于城市的棚户区

甚至露宿街头

虽然成天和苍蝇老鼠等等这些害虫抢食

但他们不是害虫

不偷不抢不坑不骗

靠勤劳的双手吃饭

别小看肮脏的垃圾场

这也是个活路呢

它不仅养活了一帮可怜人

缓解了进城务工人员就业难的压力

感谢垃圾场

感谢城市与日俱增的垃圾

它们在扎堆开展一项公益活动

用时髦一点的话说

是在反哺农业啊

边缘地带（组诗）

塑料大棚

里三层外三层的
看样子快要把城市围起来了
塑料大棚　靠一纸薄膜
将城乡隔开

玉米　蔬菜　水果
乡间许多淳朴的东西
不知怎的　穿棚而出
面目就狰狞起来
甚至连生长周期也一缩再缩
让等候的甜蜜和美丽
一下子索然无味

其实　城市就流行速配　包装
流行一夜暴富一炮走红

你看　上蹿下跳的股票指数

和恶性事故沆瀣一气

谁还有耐心　兑现

昨日的诺言

城市待久了　不少人也成了大棚植物

不经寒暑　心就长不实

多像这空心的都市

满城灯火

还得塑料大棚给暖着

打铁铺子

除了爱情喷薄的烈焰

这是多年来我见到过的最大的火

火星四溅

像一头刚挨宰的年猪

大股大股地涌着热血

在城里　打铁铺子

早就被生产线淘汰出局

躲在郊区这犄角旮旯

煽风点火

许是想守住民间手工的晚节吧

城市便是个巨大的火炉

多少和我一样单纯的年轻人
被架在灯火辉煌的铁砧上
一遍遍锤打　淬火
逼我们交出真诚　理想
还有如火如荼的激情

在偌大的楼林穿行
很难见到这样纯粹的火光
生动　明亮　火红火红的
一如骨血丰盈的母语
在阴郁的日子
总能点燃我们
内心的火焰

河滩上的菜地

绿油油地人见人爱
可惜这些青菜长错了地方
它们跟许多进城的农民工一样
是黑户

明令禁止不许在河滩种地
可还有这么多上年纪的人
在若干不规则的井田
精耕细作

各自小小的春天

—老者闲话——
从小在农村长大
退休了却回不去了
城里就剩这块空闲的荒地
能种瓜点豆
权当是老家吧

桥上车水马龙
桥下俨然一派田园风光
被泥沙越举越高的河床
一如硕大的沙盘
几股脏水破罐子破摔
胡乱推演城乡
对垒的残棋

为你披一件爱情的衣裳

披挂釉彩的果实

镶满琉璃的碧空

在寒露尚未到来之前

就被善谋的候鸟——剥食

尔后　直奔香车宝马的福地

怡享宠幸

这你知道　林子

苦荞皴红的细腕

又怎能收留得住

那些锦帛里裹藏的贡品

你看　单衣的老僧

在晚秋的界河

袖手旁观世事与季候的演变

眼角无欲的韧性

向谁　预示着超世的指向

顾不了许多道义的桎梏

我只是一个　试图进入

理想主义领地的骑手

偶间穿过淬火的铁炉

才感知离乡的凄凉与痛楚

也是的　母亲独守柴门

早已为儿缝好纯棉的衣被

（好暖和呀 林子从里面散发出的阳光的香味你闻到了么）

可我还在做着怎样荒唐的事

在意志崩溃的废墟中

刨寻过时的信念

并坚信是有些朴素但却能震颤灵魂的诗行

还会在世纪的丛林飞翔

每夜每夜　眼看沟谷凌乱的月色

怎样揪心地　一簇簇

梳理母亲稀松的银发

我只好背过电声绚烂的时代

深居乡土意境

一声声　含泪哼唱

故乡硬腔的谣曲

这你知道的　林子

皮肤黝黑的新妇

在返潮的土炕上坐胎十月

濒临分娩

多日不见阳光的脸庞

长满卑贱的暗疮

我的心　怎也像雨地发霉的稻茬

根部很快失去善良的光泽

这难道不是盛世的悲怆么

听我说　林子

掠过莽原的飓风

有力地向我证言

生存的欲望

远胜过一切理念的东西

我们甚至和这些可怜的稚鸡与田鼠一样

没有足够的人格与情操

进入思想

从凌晨的山冈　林涛涌动的山冈

阳光蓦然而至

照耀我苦难的心脏

并为哪个大师的哲学巨著

加冕一样镀亮开阔的环衬

多么金贵而温暖的光芒啊

黄灿灿叫我一阵阵晕眩

甚至一丝一缕

都是那么仁慈　贴心　充满母性

（哦　林子　打马回还的路上我又闻见纯棉香熟的气息了）

看吧　林子

这些精美绝伦的璎珞

从我清寒的斗室的窗口

一齐涌来　满地生金

我也学着你的模样　飞针走线

心里快活地想

过冬的时候

为你披一件爱情的衣裳

怀屈原

想不到历史会以这样隆重的方式

铭记一个人

一个被祖国流放的人

一个自绝于人世的人

屈原，一个清瘦的诗人

即使在战国的烽烟里

瘦成一把刀

还想为他的荆楚刮骨疗伤

即使在史记的黄卷里

瘦成一根针

还想为他的汨罗江针灸穴脉

端午，北方收麦江南插秧

农桑和初夏的瓜果一起飘香

包粽子挂艾草

赛龙舟佩香囊

就在这最美好的五月

一个胸怀美政的人抱石自沉

甘赴国殇

这位忧国忧民的三闾大夫

眼见浑噩无主的君王

在奸佞群小的谗言里纸醉金迷

河山大好的国度

在同流合污的阴谋里步步沉沦

从心急心伤一直坚持到心死

该有多么深重的悲凉和绝望

——满怀的悲凉和绝望啊

如同一个人为爱或者尊严

最后只能选择自戕

一个自绝于祖国和人民的人

他的死何其悲壮

他要先于祖国沉沦

用决死激起的沧浪之水

为后世洗心革面

他是懦夫还是英雄

我一个当年因秦灭楚逼屈子走投无路的秦人的后裔

羞于说出简单的答案

泽畔行吟《离骚》的太息

是谁饱含热泪的绝唱

屈原，一株不屈的秧苗

插进两千多年深厚的年轮

依然在

分蘖

光

望故乡

为母亲立碑（组诗）

登 高

山道在雾霭里梦游

叶子委身霜露一夜走红

放置了三年的孝衣

提示村里又多了一桩

红白喜事

不识字的母亲也赶在重阳登高

她的名字被抬上半坡的碑文

和勤快得早就在此安营扎寨的父亲

再次重逢

其实，父母一直在登高

被儿女和岁月一推再推

最后登上相框

登上所谓的天堂

今夜，父母在墙上看我
眼角渗出的热泪引来秋雨
洗白坟头的几朵野菊

灵　位

作为长子我走在最前面
捧着母亲纸做的灵位迎坟
唢呐和越来越多的落叶呼应
护送一队白衣人
走近另一个世界

悲苦的 12 岁从略阳白雀寺翻山越岭
在太白这个叫桃川的地方安顿一生
母亲是我们温暖的故乡
而她一提起自己的故乡就伤心落泪
直至临终前几个月儿女再三拉扯
才勉强回了一次
60 年都不肯原谅的地方

我们一纸相隔
彼此的故乡却远隔山水
只能相信并感激这张轻薄的
叫魂的灵位

使母亲在重阳，最后一次

短促地

回望人间

重　生

故乡是一面魔镜

装着最初的光阴

失魂落魄的游子

在此回光返照

草尖的露水

羊羔的眼眸

山溪的自言自语

几乎全军覆没的小路

一两树光身子还在死等着被认领的柿子

它们恩同父母

让我得以重生

别小看这巴掌大的村子

一记耳光

常把我从梦里

扇醒

白月光

一群打家劫舍的毛贼
举着明晃晃的刀
从窗户杀进来

半夜惊醒，发现偷袭的
竟是从天而降的
月光

眼角渗出的露水
才让我回过神来
想起合上棺盖时
母亲最后那张惨白的脸
怎会弥散槐花的
白，香

这些强盗
还是偷走我
藏了又藏的梦啊

悼 父 （组诗）

他一直在走

他一直在走　都多年了

还在儿女间走动

在他们的梦里泪里

愧疚里回忆里

在乡亲们偶尔的只言片语里

他的烟瘾呼噜咳嗽

退休后满脸胡楂不修边幅

甚至烂得满是窟窿的秋裤

还在他们嘴边奔走

他留下些什么

箱子里新崭崭的衣裤

舍不得穿的皮鞋

以及固执的烟嘴儿和眼神

从走上那张单薄的相纸开始

这几年他一直在走

先是到风水先生看好的坟茔里

再是到香蜡供桌前的老屋木板墙上

现在又走到新栽的墓碑上

和房檐挂着的腊肉柿饼一样

等风一点点腌透了

他才会停下来

和儿女们一起喝几口酒

倒　　退

意识到时光倒流

父亲已长眠在向阳的地方

一直弄不明白

他是从什么时候开始倒退的呢

分水岭究竟在哪里

隐约觉得他退守人生

似乎从我有儿子开始

他悄悄倒退着

退到生我的时候

退到他风华正茂的学生时代

退到他开裆裤的童年

退到我爷爷奶奶逃荒的年月

他临终前的半年多日子

常常毫无征兆地说自己不行了

还动不动爱流泪

像个无助的孩子

挡不住时光和病魔的突然夹击

如今他溃退到了墓地

退到陈旧的底片里

退进无人记起的山旮旯里

只有抽屉留下的身份证

把他的出生年月日

倒背如流

菜　　地

一小畦菜地

安插在公路的旁白里

肥大的白菜萝卜

跟越来越胖的车声

较劲

每次回老家

父亲总要领我看他的菜地

那一颗颗碧绿的蔬菜

把头昂得高高的

等父亲检阅

是啊　日渐衰老的父亲

心被远走的儿女掏空

他是拿这些蔬菜

当儿女养啊

如今　父亲在离菜地不远的

山根脚长眠

看见这片菜地

就看见父亲疼爱的眼神

从山根绿油油地流过来

后　夜

让人越陷越深

这夜色里的救赎

急促的喘息

仿佛夜行列车的飞光

穿针引线

为父亲缝补最后的光阴

应该向后夜的工作者致敬
他们在深海打捞星光
让越来越多的人加入进来
颠倒黑白
成为银枪鱼

在寒秋游走歌唱
谁拯救我的灵魂
夜色深重
这是父亲来不及分割的
巨大的遗产

守夜　　就是一大匹黑布
包围一滴悲凉的泪
让那个绝情的字眼
守口如瓶

故乡是太白（组诗）

归　途

大片彩云从鳌山顶落下来
就像一只漂泊的花风筝
又回到亲人手中

秦岭的风雪反复淘洗
这片河谷因之清澈如初
草木沿春天的驿站一路返回
栈道的蹄声因之响彻古今

可怜天下的游子
一生都在找寻童年和故乡
一如出生时被丢弃
而后又追悔莫及的胎盘
此刻，在这独叶草般的游园
前世今生，击掌踏歌

其实，太白衣袖里散落的诗笺
老君丹炉里从天而降的烟花
甚至梦里老家的绰绰光影
都会在这方仙境
迎候你的归途
就像迎候这里独有的细鳞鲑的
回溯

在梦里飞翔

在梦里飞翔
故乡那些怯生生的花鸟虫鱼
在春天的臂弯里
越躲越鲜亮

在梦里飞翔
萤火虫送来金子
还成群结队地打起袖珍灯笼
让天河落户村庄

在梦里飞翔
野果挤眉弄眼地在风中奔忙
那些童话般的幻境哟
让我不愿睁开沉醉的眼帘

在梦里飞翔

才能回到亲爱的故乡

大雪新开了一些土气的课程

我们却学得多么起劲

最奇妙的是

年少时　在梦里每飞翔一次

我就会在热乎乎的炕头

长高一拃

为什么总爱怀乡

在城里驻扎了半辈子

为什么藏在浮光掠影背后的

总是故乡的面容

市侩的楼林　雾霾的街巷

让一颗带土的心

不知在何处安生

故乡在记忆里老也长不大

还是梨花满枝的模样

只是　光阴已把它锈得越发生疏

恍如纸糊的祭品

就这么怀乡

情不自禁又擦亮童年的门窗

绝育的山溪开怀畅饮

迷途的走兽呦呦鹿鸣

老　家

不管是西山东山北山

还是安埋父母的南山

只要有场圃桑麻

就是我的老家

萝卜辣子大白菜越躲越远

但母亲过冬的白石浆水

还把我腌着

门口的玉米地

包括这些急着投胎的庄稼

正埋头帮父亲整理

生前的回忆录

早春圆舞曲（组诗）

起风的季节

应该珍惜这个季节

绿鸟在枝头筑巢

犁沟将农事翻唱

花朵费尽心机

才解开农历大襟袄上的纽扣

让孩子们美美哑一哑

春天鲜嫩的乳房

应该珍惜这个季节

裙角飞扬　爱情正茂

即便是白昼

也要郁金香点亮大红大绿的灯盏

也要紫藤披戴水晶的项链

也要蒲公英托起纯金的酒盘

风起的日子　就这样

叫人魂不守舍

来吧　和返青的麦苗一起拔节
和初潮的江河一起奔跑
和心急的花事一起赴宴
听民谣　在风中怎样迎娶
害羞的春天

少女般清纯的信物呵
开得半是圣洁半是炽烈
这些农家送喜的彩蛋
总在起风的季节
让泥土孵出翅膀
让大地　在我们脚下
开始飞翔

春天的堡垒

大朵大朵的村庄
在春天　开得花繁叶茂
这是故乡最大方的季节
花事叠沓　游人缤纷
连一枝伸进唐诗里准备探营的红杏
也来不及逃出抢拍的镜头
咔嚓咔嚓

就被饱餐一顿

乡村不像城里的女人那么耐老
乡村四季分明
短短的花期
催急了赶农活的姑娘
手忙脚乱就打扮起来
这个时节
大红大绿的裤袄
一点也不土气

其实　庄稼人心里亮堂着呢
他们揣起村寨的荷包
沿北方晴空大道　四面出击
春天的堡垒
便不攻自破

开　犁

养了一冬
该犁地了
牛鼓足劲拉开春的序曲
驾——咕——
响鞭紧接着在田间地头
即兴演奏

山上山下　犁沟纵横
翻开农家的五线谱
种子毫不犹豫就跳进
日渐明媚的春光里
轻歌曼舞

犁铧在土里踏浪而来
桃花杏花也跟着少女
一起怀春
她们旁若无人地谈情说爱
噎得听墙根的老树皮
脸色青一阵儿白一阵儿

开犁啦
就是推开农历惊蛰的门楣
给大地缝纫新衣

春天大集

春天是个大集市
比正月的古会要热闹百倍
燕子在柳笛前一个月就吹响哨子
大队人马朝北方集结

庙上的香火旺了
媒婆的发髻翘了
看戏的河水踮着脚尖扭来了
赶考的绿色连夜起程住店来了

放蜂人最擅千里奔袭
煽动十万黄金武士
一路向西攻陷各个路口
将天下的甜言蜜语一网打尽

老漆客知道咋样哄漆树开心
这回带儿子进深山老林
要手把手教娃挤这些大漆树的奶
见识见识生漆发威的厉害

就是这些牲畜
一辈子给人当牛做马
到季节也有了非分之想
学猫叫春　　然后到配种站赴约

春天大集
开市大吉
蜜蜂买断采购权
情人节买断经营权

梨花香

三月梨花开
故乡就在树下抽着鼻子闻香呢
母亲顾不上这些花事
麦子一种完
就抽空搓棉纺线
织布机在后院支起来
梭子吱扭着不情愿地来回奔波

梨花落到土布上
衬得白布灰溜溜的
密匝匝的麻点
比母亲脸上的雀斑还多
其实她当姑娘时脸蛋也白生生的
能跟梨花媲美
有了几个娃就黑瘦下来
连一件干净衣服都没穿过

花瓣飘逝得悄无声息
雪一样化在贫瘠的乡土
多像母亲捉襟见肘的青春
早早被机杼织成几截土布
质地粗硬了些　却吸汗

只有夜晚

一家人睡在炕上

才嗅得见土布

散出清淡的梨花香

地域书（组诗）

被遮蔽的，难道就此永别

——访北首岭遗址有感

时光败北

这些屋穴石斧陶器骨殖

包括用来保存火种的小小的火坑

都成了历史的丢盔弃甲

站在七千年长河的源头

北首岭——仰韶文化哺育的夏商周

由此奔流而下

时间的刻度

需要石器彩陶青铜盐铁等等实物来佐证

而被剔除的部分

譬如血肉言语爱情手工

和鸟兽迁徙草木枯荣关联着的

一个人颠沛流离的一生

一个部落 1500 年戛然而止的秘史
乃至从心灵诞生的多么金贵的思想
这些最值得保存的
人类远古的火种呢

草木不知它薄薄的身下
有着怎样浑厚的时空
看得见的星光和埋藏着的火光
载入史册的正史和在民间流传的野史
再追溯到史前炎黄的传说
被遮蔽的，难道就此永别

只好揣测并相信
陶上象形的图案原始的字符
以及族人归葬的朝向
跟我们奇异的梦境一样
定是先祖抽身而去
留在人间的暗语　或者——
隐痛

打坐金台观

在闹市之外名利之上
金台观给你第三只眼

这只眼是冷眼还是天眼

是法眼还是慧眼

我不得而知

但我知道　它看惯了生死寂灭

看尽了荣辱兴衰

甚至连自己的轮回也泰然处之

潮汐旦夕

金台观被渭河暴跌的水位

越抬越高

满城灯火也一再涨潮

恍若三峡库区

是淹没还是吞没

是沉没还是埋没

金台观闭目养神

暗示众生忙中偷闲

逃离喧嚣哪怕片刻从容

打坐　洗心

然后抬头看看熟视无睹的山川

甚而仰望久违了的星空

其实　金台观有还是没有

居高或者就低

在还是不在

都不重要
明白给自己留白
空谷的风铃自会宁静致远

看呢！一爿道观和莽莽秦岭对望千年
那隔在中间的一河星月半池波光
可是彼此心领神会的
盈盈暗语

太白雪

只有到了雪线之上
才可能遇见这些飘舞的花仙子
小小的白玫瑰
小小的蓓蕾
处子的羽翼离丰满相差还远

我们这一群不速之客
正赶上最后几株高山杜鹃
头顶薄薄的绿纱
恋恋不舍　嫁往冬天

真得感谢这些迎亲的礼花
雪白的花苞呀　含了一年的花苞
遇到你　就像遇到心上人

突然绽放

太白风

李白临终前不甘的遗言
留在这秦岭的峰巅
谁读出他的谶语
太白山才会打开天关

那就跟着风朗诵吧
朗诵他的明月高古诗酒人生
朗诵他的千古绝唱排山倒海
直到把血管里的热流
朗诵得跟这满山的树木一样
一律顺势而上
你就会知道
太白风有多豪迈

看呐！这季节　花叶全身而退
树干的走向显而易见
千沟万壑
都在绘制风的军阵
流云飞渡
都在行吟风的诗行

故土行吟（组诗）

在乡风中行吟

在乡风中行吟
幸福的理由不言而喻
雪峰下的林莽
跟山水一起奔流
万吨青绿倾巢出动
泼墨　皴染
最后还忘不了在崖口
点几星山丹丹

画轴在脚步里飞卷
周身都是花草亲昵的手语
这时候　万木葱茏皆乡亲呐
俯仰或是转身
绿风总托着我这个游子
一遍遍触摸双亲的眼神
在乡风中行吟

四面八方传来跌宕的回声
我知道　那是巢头青鸟的问候
唤我
常归故里
常——归——故——里

羊嘴角的风

风　我确信是风
从羊嘴草腥气的饱嗝里
拂过大甸子这一洼滩地

兽们凌乱的蹄印多么可爱
拱起的草根让林带一夜受孕
其实　翠色早已暗送秋波

小风使一切沉静下来
喧闹的人声
呼口气就悄无踪影

谁不流连这溽暑的清凉呢
是风　天籁的风
轻轻摇动旧时的小曲
跟松针分享我此刻浓密的心思

我是属羊的

几朵浮云
在草海越发白净
是谁按下它们的头
让热恋开始扎猛子

这溽暑的山冈
扎紧篱笆
把热浪打发到城里打工去
而低洼处
水草顺风铺满故乡的底色

羊在啃青
很动情地跟摇曳的草们激吻
娴熟的姿势酷似电影镜头
让我有点招架不住

四季在这里格外分明
甚至看得见年轮缝隙里的光阴
这些雪白的羊啊
山水从未离身

在城市待久了
差点忘记
我是属羊的

麦　穗

从翡翠到黄金
麦穗藏得很深
吸风饮露
一口气就把春天送进
心急火燎的龙口

阳光淬火
遍地黄金
布谷鸟躲得远远的
等收割机凯旋之后
拾穗人却一直没有出现

从扬花点点到风烛残年
麦芒手脚越发僵硬
却把爱藏得更深沉
日月交相辉映
珍珠就挂在昼夜的耳垂

麦穗籽粒饱满

农家儿孙满堂

只是用了多少时光

才长成银河的模样

秋　原

整架山青冈木似地
用劲一撑
高大的秋千就缚好了

圆实的豆荚炸皮儿的苦荞
鼓胀的柿子
还有吐缨结棒的苞谷
这些庄户人最拿手的锣鼓家什
一起吹吹打打
将熟透了的故乡
送进秋天的彩门

都下山贺喜去了吧
原野一下子沉静起来
满山红叶像泼辣惯了的村姑
拍红了巴掌还不过瘾
非要成群结队
撺着喝喜酒去不可

只有秋风　在川道
越打越高

老家的雪

房檐水，打线线，

我是我妈的乖蛋蛋。

——童谣

这些年　大雪越走越远

跟追求骨感美的河流分道扬镳

不期而遇的一场夜宴

让城市开始狂欢

甚至动用囤积的童年

赈济我们这些可怜的孩子

雪橇雪娃娃

还有雪地里踩脚印的游戏

都是晚上哄儿子睡的故事

我知道

那张雪白的宣纸

一直等我回乡的脚印

落墨题款

雪在老家的山顶
皑皑地拉开一帘屏风
上了年纪的父母
就团在那顶雪帐里
跟大雪一样每况愈下
大晴的日子
雪远远地与我对峙

可是今夜
化雪风还没吹来
我睫毛的房檐水
已打起了线线

萤火虫

昏暗的煤油灯几乎照不到屋外
萤火虫的尾光
轻易泄露了村庄的秘密
一些细碎冗长的故事
钻过夏夜微亮的针眼
把线索扯得更远

这些小小的游子啊
这些年不知流浪到哪里去了
就像外爷临终前
嘴里嚅嗫着走失多年的
我小姨的乳名

那晚回老家
远远看见前车的两盏尾灯
在山野忽隐忽现
恍若父母的灵魂　为我引路

中年才能体味
藏身黑夜的温暖，和安宁

第三辑

/

踏歌行

阿拉善的额际（组诗）

母　语

苍老的祖母还在远方注视你

孩子，让我替你抹去

不能自持的热泪

只求别再用你的母语

割伤另一群游子的心扉

风沙掠过阿拉善的额际

带不走你身后蒙古包的叹息

漠野深处，马头琴忧伤的音诗

在稀疏的骆驼草周围盘旋

围剿最后一颗

血性的夕阳

这是故乡的歌谣啊

苍凉的回声

在日渐模糊的岩画里徘徊　飘荡
一如这里白昼仍不肯离去的月影
连我这个没心没肺的浪子
也忍不住感伤

哦，快来看，孩子——
星河闪着泪光
打开掩藏千年的经卷
请你吟诵母亲
架上夜空的
遗言

残　雪

相比岩画上饱经风霜的牛羊　牧人
曼德拉山顶的残雪
多么新鲜　干净

顽强的巨石在恼羞成怒的冰川面前
败下阵来
丢盔弃甲
硬撑着的山脊也被晒得油黑
并露出羞辱的内伤

岩石刻上一个个部落远去的背影

匈奴　突厥　党项　蒙古人
游牧草原的霸主
被水草一再放逐

我只看见石山的背阴处
野盘羊雪白的肩胛骨
还残存着长生天
下咒的经文

峡　谷

抄满峡谷的经书
任风水一遍遍读成史诗的模样
颜若渥丹
招引天下目光
走进额日布盖丹霞帝国
一艘艘巨型游轮悲壮地搁浅
而山羊一头跟着一头
寻找继续登顶的捷径

日月不紧不慢
从一粒砂石开始
娓娓道来
不想却让山峦面目全非

这景象让我联想到老家深山里

被割过的漆树

满身刀疤　成片成片

凌迟而死

沙　漠

高高的苇草长出天池的睫毛

神湖澄澈　安详

巴丹吉林最好的秋天

就敛藏在这里

我们在沙山冲浪

失声地叫

索性跑下沙丘练习滑翔

惹得一串串沙窝笑出声来

其实它不知道

在诗人眼里

一粒沙就是天涯

巴丹吉林　在风中喘息

大起大落如美人的胸膛

不动声色

就把英雄

埋葬

星　河

借鹰的翅膀
金子攀上高枝
在银河之宫接受洗礼

我仿若回到童年的故乡
星辰下凡
村庄里夜游的萤火
眨着亮眼就是不肯睡去

这些年，蒙尘的不仅是市井
大家奔走相告一生何其短促
却怎么也看不见前程
这究竟是谁的过错呢

今夜，雅布赖星光灿然
我相信来这里的每个人
只要抬头仰望
蒙蔽的眼眸
就会被一下子擦亮

曼德拉岩画（组诗）

猎人、猎犬与羚羊

这群羚羊该不会是豢养的吧

它们肥硕矫健

尾巴竖起游牧的旗子

向春天进发

留下的蹄窝长满花草

或者说一簇簇花草

本就是季节踩踏的履痕

猎人张弓独射

和猎犬前后夹击

九死一生的盘羊

不知能否就地翻盘

骑驼者

这个高大的物种难道天生
要让牧人骑行
穿越荒漠
寻找绿洲

在风沙弥漫的人间
偷生
多少人其实和骆驼一样
忍辱负重

骑　　者

高头大马
一日看尽长安花
当牛做马
天下寒士为个家

人骑马天经地义
最悲催的莫过于
眼睁睁看着人骑人
却无能为力
指鹿为马

应者皆马

猎　手

在北山这块焦枯之地
游猎大不易
一只盘羊
能带给猎人多大惊喜

猎手以猎物为生
万物环环相扣
谁也躲不开命运的追逐

偷猎的光阴啊
正从太阳的射口
万箭齐发

交　战

拉满弓
箭在弦上
先发制人

冷飕飕的箭镞
射穿水源草场地盘部族

射穿彼此正在变凉的身体

这时候，人类的发明
罪大恶极

牵马人

只有快马
才能掀动草原的潮汐
而驮着货物的马
偶然得到主人的疼惜
老泪纵横

它驮着皮货奶子走河西
换回盐麦茶果
还有梦里念想的女人

马儿呀你慢些走
喝了这碗水咱就有盼头

骑者与北山羊

梦里反复出现的画面
就是在故乡的山坡放牧
羊儿的叫声引来清风

漫无目的地游荡
心好像被谁带走

牧羊人看着羊群
他们有大把时间
可以想想心思
甚至可以放纵到
把羊看成一坨坨
带了沙尘的云朵

抢夺猎物

为一只弱小的猎物
同类大打出手
甚至混战死伤
而猎物侥幸逃生
《动物世界》里屡见不鲜

每每遇到天灾人祸
埋伏在人中之兽倾巢而出
强抢明夺没了王法
暴动屠戮无所不用其极
人间地狱啊
惨烈不忍卒读

谁最后又成了谁的猎物
这难道是历史的定律

　　出　　行

比起那些只能在地下或水里生存的生灵
我们站在地球之上
一眼望穿光天化日
是幸运的

比起那些不能走动的草木土石
我们站在大地之上
自由出行
是幸运的

比起那些被人类驾驭的禽兽
我们站在车马之上
指手画脚
是幸运的

　　交　　配

看两只北山羊交配
孤独的羊倌兴致盎然
心急火燎的场景

被刻录石碟之上
播放几千年

饮食男女
吼开火辣辣的信天游
诉说相思之苦
越是荒凉
越是渴望

地老天荒
一个羊倌的理想
就这么直截了当

鸭

涂鸦
在这里是一种考古

戈壁大漠
树是稀罕的
水是稀罕的
鸭也是稀罕的

很多东西被灭绝
多亏这个涂鸦的放羊汉

心柔如水

这只鸭才在岩画里

幸存下来

双驼峰群

双驼峰

是巴丹吉林的象形

车在大漠几乎直上直下

女人的尖叫足以唤醒

暗地里鼓劲的锁阳苁蓉

这些一生都在摸黑走路的植物

却能壮阳

犹如深藏地下的油煤气

一出世就火光冲天

夜以继日

风沙奔走相告

却淹没不了双驼峰

连起来的城堞

以及丝路

嘉峪关纪行（组诗）

长城第一墩

堤坝还是纤绳

辽阔的国境

从明朝的西码头启程

在岁月和风沙里穿行

僵硬的喉结

见了我，欲语还休

狼烟

这比千里马更快的引信

将战事燃到王的耳根

兵火决口

一不留神会将朝廷掀翻

遥想当年

烽火戏诸侯的周幽王

就被一墩烽火台

戏弄

从嘉峪关到山海关

债台高举

长城龙体欠安

能否抵挡又一轮

烽烟

一场雨唤醒了石子

难得的一场细雨

唤醒了戈壁滩上的碎石

雨水爱怜的抚慰

让灰头土脸的石子容光焕发

它们鲜亮得

甚至打起了冷颤

我这样想

一地悲壮的石头

一摊白花花的骨头

戍边将士留在人间最后的信物

该怎样珍存

这多像我的父母

以及劳碌了一生的乡亲
只在儿女喜事或者立木盖房
的重大时刻
才肯露出他们掩藏的
欢喜的心思

更不妨这样猜想
这些被春闺离泪唤醒的
沉睡的化石
就是遗落在大漠的
一颗颗戈壁玉

夜光杯

葡萄美酒夜光杯
还有隐在杯后的美人呢
悲怆的绝句
粘在征衣带血的甲胄上
迟迟不肯消磁

声噎的琵琶要等归来的马蹄
共饮
却只等来长夜、孤灯
泪光一再印上小小的杯盏
不就成了夜光杯吗

今夜，独自捧杯

谁的眼眸藏在酒里

还如烛火摇曳生姿

谁握过杯的余温

还触手可及

西出阳关（组诗）

敦煌的月亮

只有驼铃
哼着儿时的母语
轻轻拍打鸣沙山

暮色在驼峰间摇摆不定
最后丢在沙丘的背面
溅起一股凉风

落在身后的月牙泉
像母亲的脸
在儿心里晃荡着
夜越深　越亮

一抬头
沙堆里的月牙

怎么跑到天上去了

阳关的烽燧

就剩最后这一跺烽燧

披着残阳

悲壮地杵在风口

下面是宽阔的沙石场

遗落着箭镞瓦砾碎骨

仿佛登陆后的海滩

被战舰抛弃

是啊，一个王朝君临天下

阳关就打起烽烟漂染的战旗

几千年过去　名字

早被风雕蚀成一员猛将

多少枯骨的堡垒

一幅英雄的剪影

秦时明月汉时关

阳关　用血泪

铸起历史的断头台

这被泪水泡烂的月亮

有多少史书和美人

会把它放在心上

莫高窟的风铃

从三危山的峰顶
摇响水声
恍若沙漏
祭祀曾经的时光

飞天妙语连珠
可挂在檐角的娇笑
已风干成壁画里
斑驳的风影

那些远去的爱呀
在一粒沙里隐姓埋名

只是蒙尘的经卷
哪会听见
这一串
呢喃的回声

北疆行草（组诗）

找回良田万顷的真相

这一路绵延不绝的绿啊
异口同声揭穿
良田万顷的真相

阿勒泰的田野
真是天下粮仓
七月的玉米林被白杨树切成硕大的井田
年少的棉花，正值花期的油葵
以及乌尔禾密布的磕头机
都是人丁兴旺的模样

我们甚至都爱上了这里的面食
新麦蒸出的馒头
比关中道的还香还劲道
厚道的日照

连瓜果也实诚得
只知把甜埋进心坎

在贾登峪看星星

俗世的灯火遮蔽了星空
我要进入更深的夜幕
最好是月黑风高
追寻那群羞怯的星星

在边城布尔津，在小镇贾登峪
一家人站进旷野
一门心思地看星星
看星群大大方方地出来
走秀

星与心互不设防
子夜，银河一览无余
我们的眼里
盛满清亮的星海

遥望雪山

在途经石河子去伊犁的路上
望见皑皑雪峰

这是盛夏的天山

戴一顶晃眼的小白帽

高远的雪峰

是祖先早已模糊的面影

在万山之巅，在广远之处

有它们照看，才会活得

心安理得

仿若流浪的孩子

哪怕随风飘荡

心里有父母的故乡

就不再是孤儿

眼前一垄垄庄稼

铺开无垠的绿洲

连吹过的风，都是绿的

我知道，这些都是那一簇簇白

喂养的

那拉提草原的晚霞

说来就来的暴雨

跟哈萨克女子豪放的舞姿一样

酣畅淋漓之后

竟是彩虹如黛

那被地球磨圆的太阳
鲜血淋漓地滚落山口
溅起一片火红火红的晚霞
巨大的浪花
给草原努起的嘴唇
涂上口红

这一捧烈焰
也燃起成吉思汗的雄心
天马扬鬃
化作雪岭云杉的丛林

在温州说文解字（组诗）

履

履：读lǚ，鞋，另有登位、实行、开始担任职务等意思。

履历
就是靠一双鞋
填写各自长长短短的一生

我在鞋博物馆里
见识了履的前世今生
从草鞋金鞋到绣着龙凤呈祥的婚鞋
从变态的三寸金莲到摩登的高跟鞋
装满人的奇思妙想

有意思的是，在小小永嘉
谢公屐的后人们争相制鞋
竟有奥康红蜻蜓等名牌行销中外

诗曰：

"行必履正，无怀侥幸"

回想小时候赤脚乡野

母亲纳的布鞋多么金贵

让我初到世间

便能站稳脚跟

如今穿惯了皮鞋

在城里却走得

歪歪扭扭

屐

屐：读jī，指木头鞋，泛指鞋。

在温州山水里

屐，找到故乡

我一路想象

山水诗派鼻祖谢灵运

作永嘉太守时

如何不厌其烦地装卸屐齿

只为让雁荡山的小道

更适合行吟

屐，本是慢行的玩物

木屐声声

唤回仙风道骨

不想谢公屐却图一时之快

远走他乡

至今盛行东瀛

"脚著谢公屐，身登青云梯"

李白名句在耳

屐，早已逃之夭夭

纽

纽：读 niǔ，与丝线有关，指可解的结。

从周公的衣襟上

带扣流落民间

草民从此不再结绳以系

纽扣还是钮扣？且放下争执

解开扣缆系着的时光之舟

周秦汉唐顺流而下

从中山装五粒纽扣的五权宪法

到如今旗袍盘扣的风韵犹存

小如纽扣的航标灯

不可小觑

倒是永嘉村妇王碎奶为了养家糊口

铤而走险

仅靠一颗颗小小的纽扣

击穿那个板结的年代

永嘉桥头纽扣城

开启中国民营经济的先河

按钮一键启动

一个大国的国门

竟被一枚棋子

点穴

瓯

瓯：读 ōu，小盆，杯；又为温州别称。金瓯喻完整的疆土。

诗词歌赋偏爱金瓯永固

却不知瓯就是温州

许是瓯江的月色

让诗仙诗圣们念念不忘

瓯绣瓯剧瓯茶瓯瓷

温州把自己的别称

发挥得淋漓尽致

一如这国土的代名词

炙手可热

我去的季节金桂飘香

蚱蜢舟划出楠溪江的温存

金瓯之地遍风流

如热恋中的女人

毫不掩饰幸福的模样

却让落魄者陷入

更大的孤愁

遥想当年泰伯奔吴

断发文身

可毕竟带去周王朝的余温

农耕渔桑

富庶江南

以至于我这西周故地之人

见这个生僻字，难免

生分

青海青（组诗）

鹰鹫

振翅一飞
大峡谷扇动的风
就颤巍巍腾起雄峰

不光拉脊山
高原那些缓坡却高耸的峰峦
其实都是鹰鹫的羽翼

宽大的草原
就这样跟着他的滑翔
开始摇曳
并发出低沉的响鼻

灰白的羊群剪落皮毛
鲜如重生的星辰

牦牛黑黢黢的魂影

注定会让这里的生灵

沾染神气

鹰鹫会在夜幕吹落之前

蹲守巅峰

为下一个白昼准备晚餐

贵德黄河

年少的黄河

在这里习练拳脚

初出茅庐的乳臭

挂在腥膻的羊奶子上

动荡不安

上游的水莽撞却清澈

借爱情和理想的双翼飞扬

中年便开始浑浊

到老就泥沙俱下

看看沟壑纵横的丹山地貌

该明白古黄河有多健壮

一把毛刷竟能舞动

东方的脉搏

天下黄河贵德清

是这初潮的江河

有了少女野性的美德

才让我拔身泥潭

来一次短促的回溯

青海湖

谁把神赐的大湖

轧成一片海青色的钢板

架在荒原之上

而下边　金黄的

一垄接一垄的油菜

好似铆焊的钢花

在七月怒放

这是远眺的奇观

青海湖纹丝不动

而周围升腾的白云

无意间泄露了

她被菜花烧煮的迹象

甘孜一瞥（组诗）

无量河

高拔之外苍凉之外

高原已无力再馈赠什么

只有这无量河

串起无边的草地

和牦牛的粪坨

挂在康巴忧伤的脖颈

所以不要看轻一条哈达的分量

天河匍匐大地

血性开始流淌

所以不要嫌弃一路沉默的风马旗

五色祥云祝福

野花吐露恩泽

如同一位老眼昏花的母亲
风尘填满脸颊每一道皱褶
最后留给儿女的
就是这一两行浑浊却金贵的
泪珠

长青春科尔寺

祥云盛满白莲
雪山供奉佛光

仓央嘉措的仙鹤
早将吉祥的经诗送往理塘

在佛堂为父母祈祷往生
虔诚不能自已

瞬间涌出的热泪
是否藏着佛的心意

康定情歌

民歌里那一朵溜溜的云
一直照着康定溜溜的城

多少人和我一样
心里也一直飘着这朵浪漫的云

在康定才听说张家溜溜的大哥
当年是贩盐的陕西人

遥想跑马山上那一轮弯弯的月亮
转山驮了一盐袋的情话还没说完

李家溜溜的大姐人才溜溜的好
见不到心上人只能想那盐一样白的云

贩盐的大哥走州过寨
也只有托付一朵云照看溜溜的她

盐在嘴里云在心
白花花的心思谁不懂

跑马溜溜的山上一朵溜溜的云哟
端端溜溜地照在康定溜溜的城哟

海西，海西！（组诗）

昆　仑

万山拱簇

云阴雪域

昆仑，莽昆仑

苍鹰的翅膀标注祖国的巅峰

当强光拨开云影直照群山

一柄长剑

切开流淌着的黄金

长风浩荡　远方无垠

白净的云朵和冰川一起

凝神沉思，成就了

祥云的佛性

流沙的沟壑乱石裸露

时光尽情风化

把祖先的面目涂抹得越发丑陋
甚至狰狞

但这些流传的史诗
更显神山源头的雄壮
不必掩饰浮华和残卷
向死，虚度
才是人生最好的归宿

昆仑，大昆仑
历史的烽火台
依旧守望
故国，旧邦

图　腾

雪山苍老
神性的光芒并不耀眼
传说开始模糊的环衬
一帧一帧掠过风寒
把昆仑托举到
祖先老泪纵横的祭坛

大地洪荒
古中国的太阳用尽最后的气力

一头栽在这西山之巅

昆仑，父神眼底的温存

护佑人之初的巢卵

饮了西王母的圣水

我们一高再高

在够着苍鹰羽翼的山口

庄严登顶

时光在风中销蚀成碎石的诗篇

远古的神话只能在心中

完成一次想象的悲壮

除了敬畏　祭拜

带在身边的一两块顽石

就是海枯石烂的见证

也是雪水万年淘洗的图腾

柴达木的荒野

灵魂随荒凉的戈壁

张翼奔走

一座座退缩的山峦

绵延母神博大的爱

大野一路灰褐

除了矮草

几乎没有生命的痕迹

或许裸露的化石和埋藏的油田

能验证土丘辉煌的过往

天际尽头

没有比这里更辽阔的自由

能做一朵气定神闲的云彩

天荒地老　　人生寂灭

没有比这里更甘甜的雪水

能打动人心

大母神

望不尽的土黄

在蓝天下更显苍茫

农耕的父老

孑遗青稞胡麻等等古老的农桑

大地宁静

母神低缓而沉稳的呼吸

催生万物

你看这些沙地的枸杞

红唇欲滴酷似不老的情欲

蛊惑高原一再雄起

这些脉象黄熟的青稞

袒露出无数丰满的乳头

喂养天高地厚的部族

西王母，大母神

日月星辰是你的凤冠霞帔

辽阔疆域

只是你一件柔软的披风

玉珠冰川

苍茫苍凉苍劲沧桑

万世苍苍的玉珠雪山

巨大的突兀的山系

咆哮的沉默的山系

高耸的冰川与白云连成一体

冰清玉洁

甚至分不清雪线

从冰川冲下来的石阵

抖开宽大的襟袍

赶快接生晚育的草花

生怕再被风刮跑

沿途还会看到和草花一样

在此安营扎寨的士兵

莽昆仑下

坚守风雪

高贵的灵魂供奉在雪峰之上

让每一个路过的人

心生敬仰

并发出一些高远的

与尘世无关的

感慨

雪　山

爱，狂热地扑面而来

却被寒流迎头痛击

雪峰皑皑的头颅

浪遏飞舟的化石

行吟的山峦

卑微的爱恋

怎能阻挡日月席卷大地的风暴

一如奔流的岩浆

滚烫的诗篇

生生被囚禁成痛苦万状的岩石

戛然而止的魂灵
至今还在不甘地呐喊

你听，山间回荡着的
定是前世来不及说出口的
誓言

风肆虐地吹吧

风肆虐地吹吧
吹醒沉睡万年的石头
让他们复活
隐在冰川里的创世纪

风肆掠地吹吧
像盗墓者掘出王朝的遗骸
猜想当年的风云际会
一道道风雪猎食的伤痕
倾诉远古的流变

风肆虐地吹吧
吹落诸神领口的缨络
吹缓荒原沟壑的棱角
在雪水临别的野滩上
写下刻骨铭心的誓言

风肆虐地吹吧

让格尔木火红的枸杞

鲜如星辰

让牛羊在神明的祝祷里

亮如雪山

风肆虐地吹吧

吹尽黄沙始见金

吹来青稞美玉

吹来天下太平

风过汉江（组诗）

遍地黄金

这是皇家迎娶春天

所能动用的最盛大的仪仗

山雀子一个劲地逗引

惹得痴情的油菜花一股脑怒放

连沉寂一冬的鳏寡

也蠢蠢欲动

这是怎样的季节啊

一向沉稳的汉水开始撒娇

桃红刚卸

金黄又迫在眉睫

只需略施粉黛

就让三月醉得云里雾里

一部烫金的田园诗

叫误入歧途的蜜蜂手忙脚乱
在春深似海的迷魂阵里
找不到出路

更多的游人
则被遍地黄金灼伤
一些不着边际的想法
事后连自己都觉得
荒唐

驿路梨花

栈道在巨大的秦岭里命悬一线
叫人不由怀想万里丝路
最早是从脚夫脚下启程的

桑蚕吐哺
马帮出没
多少废弃的驿站
在时光里慢慢沉香

仅靠古道断肠的只言片语
无法破译通往长安的盛事
残存的石板奔走相告
也无济于事

传奇艳遇喋血匪事

和隐藏在烟火熏染的门楣上

奄奄一息的名字一起

在荤曲酸调里若隐若现

倒是山峁这一树梨花

旷野之间

白亮亮地扎眼

不知是祭奠的花束

还是守节的缟素

一树繁茂的花枝哟

在荒僻的驿路冰清玉洁

失血更显白嫩的手势

满含孤独幽怨

恍若被活埋时

不甘死去的挣扎

西　乡

瓦楞上的草花

是炊烟喂大的吧

板楼上的灯笼

是祖母挑亮的吧

腊肉上的火色
是江风漂染的吧

老街上的石窝
是背山货背出来的吧

桂树上的胭脂
是捂指甲捂出来的吧

茶山上的情歌
是从阿妹心尖儿采的吧

门户上的门神
是从西乡侯张飞那儿拓的吧

关山秋月 （组诗）

正觉寺

一树繁盛的秋果

浸泡在光亮的晨风中

他们争先恐后

浮在佛寺的最高处

像极了一群可爱的小沙弥

在露天场院

围坐　诵经

佛寺明亮

匾额愈显金黄

台阶石缝里的野花

也愈发缤纷

看样子野惯了

开得随心所欲

静谧的晨光里

红光满面的老僧

始终面带微笑

那些挤眉弄眼的果子

俨然是他的三千弟子

等这群不速之客离去

又会在旷野

喧哗

"花儿"

那些滞留在高处的

小小的忧郁

还兜着一坨寂静的风土

那些少女飘逝的

小小的眼神

在这缺水的地方

透露秋天即将来临的讯息

那些坡上胡麻花的

小小的头帕

让云朵始终在低空飞行

那些蹄窝里溅起的

小小的雨水

让我这个外乡人

收藏一路都听不真切的歌谣

那些顺口落下的
小小的叹息
结出籽粒饱满的五谷
那些土话漫着的
小小的"花儿"
是老油坊硬从谁心里
榨出的几瓣清香

（唱花儿俗称又叫"漫"花儿）

坡根的麻子

多少年没见过这些乡亲了
这些被赶到坡根的麻子
高脚的　依然朴实的麻子

躲在偏僻的山沟里没见过世面
只知道缺心眼地疯长
难怪都叫你麻杆
不过　你越高大从身上撕的麻就越多
拧的草绳就越结实
结的麻籽又饱又香
能卖个好价儿

这些年　和正在消失的蓖麻胡麻高粱一样

和村庄销声匿迹的炊烟一样

和嘴边哼着的花儿一样

和稀薄的女孩儿的羞涩一样

你几乎与世隔绝

姿态低到叫人忘记

这样也好　挺直腰杆

不用像我等猥琐地穿梭于势利场

成为城里时兴的麻籽闲嘴儿

真担心原生态的东西被统统淘汰

剩下这些麻子

在山风中成为绝版

西海固越冬（组诗）

风吹西海固

大风吹灭花朵

却吹硬了骨头

你听　西海固的骨子里

响彻风的问候

被风折翅的鹰

还在坚韧地练习起飞

挣扎着　想在开春的时候

背起黄河向北飞

诗经的残叶上

萧关就横亘在塞北的额头

骨血丰盈的高原

有着海雄阔的原野

却浮不起一滴水的惊叹

西海固　多么硬气的名字
多么硬朗的汉子
风水宝地
为何只剩风的逍遥

风吹西海固
我听见石头在羊群里哼鸣
我听见大地在枯草上歌唱

塞北的雪

没想到在中国最缺水的地方
见到雪　旱原的雪
还是处女般的第一场雪呢

小雪轻盈的步子
过早露出小家碧玉的端倪
还没走出几十里地儿
就被霸气的六盘山拦住去路
只好羞答答唱了一夜
女儿歌

薄薄的唇
含着还未绽开的蕾

是哪位陌生女子

趁我熟睡时偷偷相赠的白帕

轻薄又多情

让我看到一代雄关的焦渴

明了一个男人刻骨铭心的爱情

塞北　整个冬天都在思念

而这些最初的花朵

彻夜呢喃

一个女子的芳名

须弥山的羊群

羊群在地缝里咬牙切齿

哪怕一丁点草的影子

也不放过

这是隆冬的西海固

没有绿衣的草木

会做你的新娘

在须弥山的午后

掠过大佛的余晖

片刻覆盖你的荒凉

并不是一尘不染
被风沙侵蚀的灰白
逆来顺受　叫人伤怀

沉默的羊群惯于在内心歌唱
总让我想起大地上
那些奔走不息的
兄弟

游子吟（组诗）

冀中大平原

五月撒开青纱帐

一网下去　就把大平原

罩得严严实实

紧接着　大瓶装的热饮

从太阳的灌口飞流直下

给心虚的暮春　天天灌浆

好一片大平原

深厚的土层种啥成啥

怀里奶着的娃娃

说着说着

就在女人的嘴边壮实了

这是奔跑的季节

我听见自己年轻的骨骼

在风里嘎嘎作响

大喊几声

土生土长的民谣开始飞翔

在大平原穿行

心　会跟着辽阔起来

中秋夜登泰山

月光沿石阶流泻

爱不释手地给整座山镀银

一些阴沟的草木和夜行者的脚底

只好错失良机

这是中秋的月啊

安详　静谧　圆满

让我想起华发的父老

是否在落满月华的院子里蹒跚

寻找儿女绕膝的时光

孔子登泰山而小天下

只因他在故土

采尽天下月色

就让我摘一片孔子的月光

为二老请安吧

宕昌马帮

那队马帮
一看就刚下山
袖筒里掖着的风
透着凉气
叫人怀疑哈塔铺的春天
来得也太晚了些吧

领头的羌女戴布帽骑大马
神色相当生涩
可惜红缨子没扎在她的头上
要不然还会多些女人味的

倒是马背上的柴火
新鲜　潮湿
刚从山里运出来
还滴着赶路的月光

一队驮柴的马帮
丢些马铃儿在街面脆响
惹得瓦楞上的青苔
抬眼张望了好一会儿

镇北台

就用这一方砚台
镇住被北风吹皱的纸墨

城堞粗线勾勒一下
就将高原的苍凉隔在塞外
留下腰鼓红枣毛眼眼
在民歌里闹红火

往北还有沙枣花吧
这横在黄河边的羌笛
能否再吹一曲
杨柳枝

而镇北台
烽烟里留守的士卒
剩下最后一个笛孔
等谁埋怨

日　晷

被忽略的
恰恰是高坛角落
这丈量时间的法器

日晷

祖先仰望太空的面容

多么虔诚　生动

对天而歌是宿命

更是荣光

毕竟　天机是从这里泄露的

播放时光的唱片

天人对话的天线

古老的摩天轮还在旋转

就这样　受冷落的暗器

把年月　红颜　江山

统统押上轮回的赌盘

血火红土地

天地歃血为盟

红土地与红霞

在彩云之南

亘古相望

日月汩汩流淌的精血

让大地年年受孕
母腹鼓荡的妊娠纹
文出绝世地画

或许这样解读更好
祖先的狼毫血字
镌刻在高原的脊背
只在夜晚
浓密的星辰于天幕
映射彝人最初的誓词

卖山货的老阿妈从篮子里
倒尽最后一碗小花生
满脸歉疚地说：没给够哟
轻描淡写的土话
再次印证农耕的本分

浓墨重彩
那是留在大地上的
血火
和忠魂

梅州采茶

江南可采莲

梅州可采茶

一群试图重返青春的诗人

在茶田哼起采茶民歌

流连的不仅仅是最后的秋光

还有他们飘逝的芳华

当年油印的稚嫩的诗行

和沿坡而上的一排排茶树

异曲同工

他们逡巡其中

变身乐谱里飞翔的火鸟

春茶清新

秋茶清醇

只不过多了几道人间冷暖

余味悠长

我也学着掐几叶芽尖

在雁南飞这诗意的地方

把自己泡成一杯

忘忧的香茗

（兼致《鸟哺诗》梅州首发式）

风雅颂

竹简风雅

子曰:"诗三百,一言以蔽之,曰'思无邪'。"
——《论语·为政》第二

应该庆幸

《诗经》兴师动众

用了这么多的赋比兴

才留下来三千年前的山水生态

饮食男女　动物植物　农桑百工

都曾在一片片窄小的竹简上

珠联璧合

凤鸣高冈

草木有情

一些物种跟乡间的谣曲早已失传

我们只能在残存的诗句里

刨寻青铜盛世的礼乐和胸襟

渔猎先秦远古的烟火与风情

只是那些与美人有染的香草
那些与英雄沾亲带故的车马
还常在书卷和庙堂里走动
更多的，依然在民间听风
甚至钻入更深的泥土
等候知音

像当年一些常用的字词
如今已沦为僻壤的土语
或者干脆销声匿迹

患得患失的路口
迷惘难眠的夜晚
不妨随意翻翻《诗》吧
在清风旷野的前世
看我们伪装的今生

在风中

钱钟书说："《诗经》清词丽句，无愧风雅之宗。"

风吹我　如一绺流苏
常常在夜里
把憔悴的我吹成青枝

十五国风呐
还带着竹简的清幽
让故乡翻山越岭
赶赴今生

这些起自民间的风啊
轻奏月光的箜篌
一些泛黄的旧时光
怎都弥散最初的芳香

在豳风里扬谷
在王风里撒野

在邶风里无邪

在周南里咏哦
在秦风里颂德
在郑风里纵情
在卫风里长醉不醒

就连自作多情的陈风
也甘愿被这些可爱的野丫头
一遍遍捉弄

谷风习习
清风依依
在百里国风中穿行
恍如年少时熟悉的街巷
依稀记得故国
青葱的模样

慢下来

慢下来再慢下来
让脚步的表针缓慢而又坚实地
在大地上行走

慢下来再慢下来
让时光的呼吸慢慢品尝
青春和爱的滋味

慢下来再慢下来
把年轮的转速调慢
延长前世和今生的易换

慢下来再慢下来
让银色的月光镀膜
让诗经在风中流传更远

慢下来再慢下来
哪怕一阵风带走一生

也要收看临别的风景

慢下来吧
慢下来

葛 覃

葛之覃兮，施于中谷，维叶萋萋。
黄鸟于飞，集于灌木，其鸣喈喈。

葛之覃兮，施于中谷，维叶莫莫。
是刈是濩，为𫄨为绤，服之无斁。

言告师氏，言告言归。
薄污我私，薄浣我衣。
害浣害否，归宁父母。
——《诗经·周南·葛覃》

回家　回家
游子漂泊的心啊如一片浮云
让候鸟牵引着
一步步返青

故乡的草木在鸟群啁啾的胎教中
睁开惺忪睡眼

从早春的襁褓里走出来
在惯于指挥的山风的指尖
合奏一曲盛大的春之声

儿女一年年枝繁叶茂
哪怕伸展成阔大的云荫
父母的根须也会在地下
悄无声息地延展到那里
只有挖地三尺揭开爱的谜底
你才会惊诧一把纤细的血脉
竟能跨越万水千山

故乡啊
一条隐没在草丛的小溪
幸运的人仿佛秦岭腹地的细鳞鲑
再怎样惊心动魄的旅程
都要义无反顾地洄游
最终魂归故里

我曾见证病入膏肓的母亲
一踏进亲爱的村庄
孩子般摇头晃脑开心的样子
她是沉醉了
永远沉醉在自己
生儿育女的这片土地上

卷 耳

采采卷耳，不盈顷筐。
嗟我怀人，寘彼周行。

陟彼崔嵬，我马虺隤。
我姑酌彼金罍，维以不永怀。

陟彼高冈，我马玄黄。
我姑酌彼兕觥，维以不永伤。

陟彼砠矣，我马瘏矣。
我仆痡矣，云何吁矣！

——《诗经·周南·卷耳》

到哪里找这么好的姑娘
一个心眼地爱着一个人
掐了大半天野菜
还不如天上长的云彩多
情郎翻过高冈
春天就急不可耐

阳坡的红杜鹃开得那个凶哟
像微醉的酒杯
让满怀私语闪着趔趄

思念一个人
就是想把他从心里斩草除根
连自己都无能为力
像陷入青春的沼泽
任由一团野火
烧得你人仰马翻

穿一身花布衫的小妹
还在乡间的塄坎寂寞地采呀采
在黄卷里轻轻地采呀采
在我的梦里
耳目一新地采呀采

纵然赶了两千多年的路程
从山崖打马走过
一朵小草花还在随风摇曳
哪个时代的背影
叫人如此怀想

在风土淳朴的老家
有不少痴情的村姑
年轻时也曾出演过这么一部
永远看不见男主角的老电影

桃　夭

桃之夭夭，灼灼其华。

之子于归，宜其室家。

桃之夭夭，有蕡其实。

之子于归，宜其家室。

桃之夭夭，其叶蓁蓁。

之子于归，宜其家人。

——《诗经·周南·桃夭》

桃花这小娘子不可小觑

嘴上不说啥

心底的岩浆

却沿一树树细密的根茎

慢慢蹿上来

最后喷出一朵朵火山

万紫千红抢占春天

跟你一起看桃花

天天灼灼的桃花

伸出一枝枝火舌

围攻你这朵不速之桃

结果在镜头咔嚓咔嚓的扫射下

纷纷败下阵来

本就满园春色

再加上一朵致命的人面桃花

我陷入怒放的火海

不能自拔

怎样才能逃离这个季节

煞费苦心用花朵编织的天罗地网

我在寻找突围的出口

却发现自己这根过期的捻子

还没失效

被你的热吻一点

春心大动

竟也变身成一棵争妍吐艳的

花树

麟之趾

麟之趾，振振公子，
于嗟麟兮。

麟之定，振振公姓，
于嗟麟兮。

麟之角，振振公族，
于嗟麟兮！
　　　　——《诗经·周南·麟之趾》

我就是那头温和的麟
诚实的麟
君子一般的麟
在古典的风土里受人尊敬
但却始终抵不开你的门

在你的窗前读诗
在你的门楣插花

甚至在你的夜露里留守

一个谦谦君子的祷词

我只想用原野的情怀

收留一个女子最初的娇媚

你总是那么流俗

故意卖弄你的风雅

甚至水性杨花

而我为什么还能容忍

还能伤心地看着你

走进道貌岸然的庙堂

我是那头被人赞美的麟

仁厚的麟

任你践踏的麟

哪怕在乡野的风尘里埋没

也想毕生守望来路

渺茫的足迹

我是一头麟

我不想用卑鄙的行径占有你

我要用这种崇高的方式爱你

草 虫

喓喓草虫，趯趯阜螽。
未见君子，忧心忡忡。
亦既见止，亦既觏止，
我心则降。

陟彼南山，言采其蕨。
未见君子，忧心惙惙。
亦既见止，亦既觏止，
我心则说。

陟彼南山，言采其薇。
未见君子，我心伤悲。
亦既见止，亦既觏止，
我心则夷。
——《诗经·召南·草虫》

草虫喓喓
蛊感我心

它们天籁的哼鸣

落满小夜曲柔美的音符

星星怎知旋律后的喜忧

草丛随风转调

心跳跟银河一起密集

心上人呐别再错过

片刻欢爱抵得过千言万语

今夜就在你怀里

化解我三千年的相思

草虫唧唧

露珠莹莹

没有什么比你娇柔的呻吟

更动听

让我口衔萤火小小的灯笼

在乡野深入浅出

将风月融会贯通

采 蘋

于以采蘋？南涧之滨；
于以采藻？于彼行潦。

于以盛之？维筐及筥；
于以湘之？维锜及釜。

于以奠之？宗室牖下；
谁其尸之？有齐季女。
——《诗经·召南·采蘋》

没想到对歌是从召南流传下来的
2500 多年了啊
一读这样的诗句
耳畔就传来青梅竹马的歌谣
没想到屡受政教摧残的中原大地
民间还长这样动听的叶芽

是啊，好久没听过乡间的对歌了

在楼林的罅隙

孤独的人们圈在练歌房一起嚎叫

像困兽　还是嚎不尽内心的孤寂

城市很外向

而人呢？在此待久了

却变得拘谨内向

清新　明快　充满野趣

那会儿的人干着活还这么快乐

真像电影里爱对歌的刘三姐

随口就把花鸟虫鱼风物故事编排进去

乡情民风便跟着庄稼

一茬一茬地绿了　黄了　又绿了

然后和地墒一起厚积薄发

在云贵高原采风

寨子里的少女就这样对歌

歌声在山水萦绕

在烧酒的杯盏里飘摇

漂亮的妹子火辣辣地对歌

把我的心对得乱了阵脚

或许只有在远离都市的僻壤

劳动和爱情才如此简单　快乐吧

甘　棠

蔽芾甘棠，勿翦勿伐，
召伯所茇。

蔽芾甘棠，勿翦勿败，
召伯所憩。

蔽芾甘棠，勿翦勿拜，
召伯所说。

——《诗经·召南·甘棠》

现在　我就站在这棵甘棠树下
从上到下仔细打量西周的根茎
召伯当年是这样抚着它的青葱
嗅着它的芳华
小爱人呀　多可爱的模样
被召伯左右不离地瞧着长大
满树白花花地撒娇
满眼青枝绿叶地婀娜

召伯就在这草堂为民理政
你这小名叫杜梨的小爱人呀
成天守在他门口
挤鼻子弄眼　玩小女生的把戏
"有卷者阿，飘风自南"
西周的风气多干净啊
而这些都写在你的脸上
两千多年过去了
虬枝还在为心上人口吐莲花

你是庭院里的女人
月夜召公在树下沉思
你剪来重重山影为他披上寒衣
所谓举案齐眉
你应该是开先河的啊

那时的召公年轻有为
深受子民爱戴
小爱人呀　你单薄地守在凤凰山坳里
守节　守一桩梨花带雨的爱情树碑

击 鼓

击鼓其镗，踊跃用兵。
土国城漕，我独南行。

从孙子仲，平陈与宋。
不我以归，忧心有忡。

爰居爰处，爰丧其马。
于以求之，于林之下。

死生契阔，与子成说。
执子之手，与子偕老。

于嗟阔兮，不我活兮。
于嗟洵兮，不我信兮。
——《诗经·邶风·击鼓》

多么感人的诗句
几千年一直藏在戍边将士的剑鞘

如今读到这里

噔啷一声

滚烫的誓言

和着久违的泪水

喷出我的眼眶

战鼓催阵急

刀光剑影密

勇士生死攸关

仍惦念心爱的人

诀别时的信誓旦旦

牵手时的十指连心

而此生此世

这几句话或许就成了他的墓志铭

一阙千古绝唱

一堵坚实的城墙

让所有表白

顷刻间望风而逃

雄 雉

雄雉于飞，泄泄其羽。
我之怀矣，自诒伊阻。

雄雉于飞，下上其音。
展矣君子，实劳我心。

瞻彼日月，悠悠我思。
道之云远，曷云能来？

百尔君子，不知德行？
不忮不求，何用不臧？
——《诗经·邶风·雄雉》

其实，近在咫尺
一样朝思暮想

牵挂从电话那头窜出声来
一句急切的问候

甚至一声轻微的喘息
都要一遍遍回味
最后打磨成珍珠
穿在心里
热恋中的人
谁没享受过这种幸福的孤独

一个人的夜晚是煎熬的
恋人的幻影像北极光
绚烂之后
更残忍的
是漫长的等候

一如那夜
你落在信笺上的泪花
溅起我今生
最晶莹的星空

高坡吼叫的陕北民歌
粗野却唱到爱的极致——
" 一碗谷子两碗米，
面对面睡觉还想你"

君子阳阳

君子阳阳，左执簧，
右招我由房。
其乐只且!

君子陶陶，左执翿，
右招我由敖。
其乐只且!
——《诗经·王风·君子阳阳》

一路的脚印全是花瓣
把它们收藏起来
就是我今生的爱情地图

你临山而歌
比所有的绿茵柔媚
你临水回眸
比所有的歌声动听
你耳畔呢喃几句

每每让我心乱神迷

至今找不着返程的路标

那是怎样的青春啊

在山那边　在水那边

衣香鬓影　经年不散

青春游　逍遥游

却游不出一个笑靥的漩流

年轻人呐　知道不

在爱里旅行

不叫漂泊

从年少开出的幸福快车

到老都会拉响青春的汽笛

女曰鸡鸣

女曰："鸡鸣"，士曰："昧旦。"
"子兴视夜，明星有烂。"
"将翱将翔，弋凫与雁。"

"弋言加之，与子宜之。
宜言饮酒，与子偕老。
琴瑟在御，莫不静好。"

"知子之来之，杂佩以赠之。
知子之顺之，杂佩以问之。
知子之好之，杂佩以报之。"
——《诗经·郑风·女曰鸡鸣》

来吧　用你所有的爱来征服我
就像一苗灯火征服夜色

哪儿来这么大的风呀
吹落一地月光

那泛着桃红的花瓣

是我今夜的报答

只此一生啊只此一世

谁能替代你在我心间怒放的花蕊

就像日戳打下的烙印

每个角落都布满你的吻痕

快活的时光总是随风飘逝

就连明天也无法预料

还等什么　把身心交付所爱的人

才是今生最美好的挽留

夜的欲望多么撩人

更多却是含泪的悲凉

我愿作爱的俘虏

任你的春风　吹落

桃李芬芳

溱 洧

溱与洧，方涣涣兮。

士与女，方秉蕳兮。

女曰："观乎？"士曰："既且。"

"且往观乎？"洧之外，洵订且乐。

维士与女，伊其相谑，赠之以勺药。

溱与洧，浏其清矣。

士与女，殷其盈矣。

女曰："观乎？"士曰："既且。"

"且往观乎？"洧之外，洵订且乐。

维士与女，伊其将谑，赠之以勺药。

——《诗经·郑风·溱洧》

跟怀春的少女一样

河水初潮

草木的身子

也一下子丰盈起来

三月　在故乡袅袅娜娜

天地交互踏青

成群的白云

用犄角把绿浪赶下草坡

而头顶蓝盈盈的湖水里

还漂着上游没化完的春雪

这时节　萌动的不光是万物

春游的何止是游春呵

一切都在出发

包括麦苗和爱情

我们就是这样

挥舞明媚的光阴

在山峦的乐章里撒野

在涧水的韵脚中耳语

那时候还正年少

青春做伴

很少有时间坐下来

静听　故乡的风花雪月

著

俟我于著乎而，
充耳以素乎而，
尚之以琼华乎而。

俟我于庭乎而，
充耳以青乎而，
尚之以琼莹乎而。

俟我于堂乎而，
充耳以黄乎而，
尚之以琼英乎而。
——《诗经·齐风·著》

书生一直在等你呢
手捧金玉
等你成为他的新娘
（一扇柴门
不声不响将春秋隔开

书生在里边静候佳音）

可知书生多少次怀想
你神女般的眼眸
甚至写过多少纯情的诗句
在内心缔结良缘
（但他却把爱埋得太深
你读不懂情深的滋味
只有他自己感动自己 ）

忐忑之间
似乎注定今生只能擦肩而过
看着含苞怒放的桃花
西厢漂红
一瓣一瓣沦落到伤怀的结局
（春色撩人
却撩起往事如烟
谁能阻止烟花三月的哗变）

他还在整衣戴冠
等待盛装的春风
抚过音乐简短的过门
可惜隔岸杨柳
怎忍心为他的千尺柔情
剪——彩

（门里门外

响起蹉跎之音

都识崔护的人面桃花

谁见书生的痛心疾首 ）

晨　风

鴥彼晨风，郁彼北林。

未见君子，忧心钦钦。

如何如何？忘我实多！

山有苞栎，隰有六驳。

未见君子，忧心靡乐。

如何如何？忘我实多！

山有苞棣，隰有树檖。

未见君子，忧心如醉。

如何如何？忘我实多！

——《诗经·秦风·晨风》

抛下为你守夜的星宿　不辞而别

晨风中的一只鸟雀

从诗经沾满露水的枝头惊飞

不知是要送行还是想追寻

然后箭一般疾驰而去

要在古代你肯定骑马下山

顺便让马尾扫落最后几颗

还挂在黎明的相思果

这样　你以为就可以无牵无挂地走了吗

风越来越利落

剥去草木的青衣

它要赶在你离开之前

用青苔或黄叶　铺满山道的每一个台阶

既然执意要走

那就披上为你备好的晨曦吧

只留下一壶山水一碟菊香

与我共度重阳

让一只留守翠华的秋蝉

痛饮朝露和凉风

最后在忘忧草的怀里赶赴来生

东门之杨

东门之杨，其叶牂牂，
昏以为期，明星煌煌。

东门之杨，其叶肺肺，
昏以为期，明星晢晢。
——《诗经·陈风·东门之杨》

少年的心呐怦怦直跳
慌张中摁下星星的开关
越来越稠的星辰睁开睡眼
夜幕根本捂不住

这些调皮的星子只管捉迷藏
哪顾得人家的羞赧
初次牵连的手已让他们语无伦次
杨柳风还帮着小唱
欲语还休的情歌

老去的故乡总叫人魂牵梦萦

满山的野花野果

晚上都跑到天河里赶集

十里八村的有情人

平日怕风言风语

趁着忙乱的庙会才敢眉来眼去

要么在幽静的夜色里

偷偷约会

只有冒出来的柳芽挑破暗恋

春光乍泄

其实是下凡的星光

一点点拨亮人间的

葳蕤

采 薇

采薇采薇，薇亦作止。
曰归曰归，岁亦莫止。
靡室靡家，狁之故。
不遑启居，狁之故。

采薇采薇，薇亦柔止。
曰归曰归，心亦忧止。
忧心烈烈，载饥载渴。
我戍未定，靡使归聘。

采薇采薇，薇亦刚止。
曰归曰归，岁亦阳止。
王事靡盬，不遑启处。
忧心孔疚，我行不来！

彼尔维何？维常之华。
彼路斯何？君子之车。
戎车既驾，四牡业业。

岂敢定居？一月三捷。

驾彼四牡，四牡骙骙。

君子所依，小人所腓。

四牡翼翼，象弭鱼服。

岂不日戒？玁狁孔棘！

昔我往矣，杨柳依依。

今我来思，雨雪霏霏。

行道迟迟，载渴载饥。

我心伤悲，莫知我哀！

——《诗经·小雅·采薇》

送别前你泪眼迷离

长发在我的指尖灞柳依依

几缕青丝藏在征衣胸前

阳春的娇媚一直萦绕在梦里

哦，出塞千里狼烟弥

忘不了的是你绵绵情意

戈矛挥处血如雨

一弯冷月盛不下思念的星系

自古儿郎丹心谱

柔肠寸断有谁来理会

雨雪霏霏

那是片片离人泪

还是当年拥别后

伤怀的柳絮仍在飞呀飞

有来无回的岁月

有头没尾的亲昵

伤别离　心已碎

不谙世事的村童

却在此起彼伏地吹呀吹

吹一曲——

落花流水的柳笛

桓

绥万邦，屡丰年。

天命匪解，桓桓武王。

保有厥士，于以四方，克定厥家。

於昭于天，皇以间之。

——《诗经·周颂·桓》

"周原膴膴，堇荼如饴"
站在这块被反复歌颂的沃土之上
吟咏这些隔世的诗句
我如沐春风

回望飘漫人间烟火的西周
饮食男女悄然走进那个风土如画的故乡
我心温软如玉
仿若清风明月之下
翻检青灯黄卷的家谱

有国风妻儿的亲热

有小雅母爱的慈宁

有板荡如父的严厉

有颂词献祭的明堂

是啊，登上大雅之堂

浏览《生民》《公刘》《绵》《皇矣》《大明》

在这些史诗里瞭见一个民族的来路

聆听见贤思齐仁及草木的告诫

以及德配天地的夙愿

大地解冻春水潺潺

正人君子的品行

依旧在盛世流传

"绥万邦，屡丰年"

祖先的祝祷恩同父母

不学李煜《虞美人》的离愁别恨

只愿耕读传家情同手足的美德

在故国依旧

春风浩荡

白麟：用诗歌抚慰一座城市的灵魂

李喜林

2800 多年前，这片周秦故土曾刻录过到民间听风的采诗官的铎音，《诗经》由此薪火相传、暗香浮动。宝鸡因之盛产诗人，被誉为唐诗的"西海岸"、陕西的"石河子"（诗城）。经过改革开放 40 年的大浪淘沙，在如今这个繁盛周密、车水马龙的物质时代，白衣飘飘的诗人几乎销声匿迹。但透过渭河古渡边的一抹青灯黄卷，有人却在喧嚣浮华的夜色里与《诗经》对话。

白麟就是这样一位有理想的诗人。从 20 岁开始发表诗作以来，迄今创作诗歌总量不过 500 首，却以品质和真情在三秦诗坛特立独行：沈奇教授称其诗歌是"当代诗歌中不可多得的绿色食品"，王珂教授赞誉其"在'唯丑'时代把诗写得很美"，红柯教授认为"白麟的诗句是从他的家乡太白雪峰和林海里过滤出来的。身居都市的诗人依然保持着山野的纯真，实在是一种幸运"！西部诗人王若冰说："面对白麟的诗，我总有一种梦回乡土、痛快淋漓地享受被阳春三月乡间温暖和煦的阳光抚摸的渴望"……

经过 30 年的历练，白麟已成为新世纪宝鸡诗坛的领军人物，被誉为文学陕军西路军的"排头兵"和"诗歌义工"……

如果一定要把白麟的整个诗歌创作比作一部交响乐的话，那么它至少应该分为四个乐章。

"小荷" 奏鸣曲

1967 年 9 月，白麟出生于太白县桃川镇农村。年少的他对文字有着超乎寻常的热爱，初中时的作文常被老师当做范文展读。15 岁初中毕业后考入陕西省凤翔师范学校。校园里爱好文学的青年学子们很自然地走到一起，像模像样地办起了文学社，白麟就是其中的积极分子。文学社的每个成员都有一个笔名，他祖籍岐山京当，母亲是汉中略阳人，父亲从小在麟游长大，自己又生在太白，便取名白麟，不想一直用到现在。正如已故著名诗人田奇所说，他是"太白山的一只麒麟"！3 年后，他成为秦岭大山深处一名乡村中学老师。

1987 年，20 岁的白麟在《中国青年报》副刊上发表了他的诗歌处女作《遐思偶得》——一组清新隽永的哲理小诗。那时，他已在太白县鹦鸽中学做语文教师快三年了，大量阅读之外，组建了太白县首家校园文学社——"三月"文学社，不仅培养了一批文学少年，自己的创作也风生水起。一年后被调到县文化馆做文学干部，组建县文学协会并首任会长，创办《太白风》文学报，邀请省市作家到太白讲课……活动搞得有声有色。

那段日子，白麟初尝缪斯之吻，年轻的心充满渴望，只是常年握笔创作，右手食指上至今还留下突出的胼胝。4 年时间，他接连出版了袖珍诗集《初雪》《风信子》《春天不遥远》。

"小荷"露出尖尖角，奏鸣出诗人的第一乐章。

白麟多年来一直坚持真情写作。无论是他的乡土诗、爱情诗还是写亲情的，都给人留下真切生动、耐人寻味的印象，不像有些诗虚情假意、无病呻吟甚至云里雾里、不知所云。

　　说起那段日子很有意思，20世纪90年代初，白麟在太白深山埋头创作，可他的诗却飞出大山，在宝鸡的大中院校里广为流传——那么纯真的诗文，在那个校园民谣弥漫、诗歌还未褪去光环的年代，打动了多少少男少女的心呐！

"寒门"狂想曲

　　1993年8月7日，《宝鸡日报》副刊首次以题为《风从太白来！》的人物专访，将跋涉在山路上的青年诗人介绍给宝鸡，由此揭开了白麟人生的第二部华彩乐章。

　　1994年春节，白麟从太白县政协的文史编辑变成宝鸡日报社一名新闻记者。初来乍到，那时报社办公条件和单身宿舍十分简陋，几个大小伙子就挤在一间寒门里凑合了几年。可即便如此，他依然紧握手中的笔，冬写三九，夏写三伏……

　　在当好记者的同时，他的诗歌创作也迎来了第二个高峰期，开始在《诗刊》《绿风》《延河》等纯文学刊物上频频亮相。20多年过去了，知天命的白麟回忆起那段时光，脸上依然充满了感念和向往："那时条件艰苦但过得充实，几乎每天工作之外的事情就是读书、创作，那真是靠一腔情怀和热血在写！"

　　但就在那几年，漫长的借调、痛苦的失恋，让白麟心灰意冷！是诗歌，帮他走出生活的泥泞和青春的沼泽，拯救了他的人生，重建了他的自信，让他从自卑的漩涡中重新走了出来，超越了一个农家孩子所经历的生活上的困窘和精神上的苦难！而他笔下的《贵妇》《理想》《为你披一件爱情的衣裳》等等大量的爱情诗、乡土诗以及反叛城市的诗作，则是经受爱情挫折和生活磨砺后"淬火"的水晶！

这一时段他完成了第四本袖珍诗集《寒门》，并于1999年由作家出版社首次公开出版了他的诗集《风中的独叶草》，省作协《延河》编辑部和宝鸡市作协联合为其召开研讨会，赵熙、商子秦、渭水、红柯等名家纷纷寄予厚望……

白麟说："孤灯清影的写作，让我从一个浪漫的少年长成了而立书生，期间的辛酸自不待言，但欣慰的是孤苦之后、失去之后，自己还能在生存的罅隙对艺术持有更高的追求。那些日子清贫却充实、悲伤却从不后悔"。

逆风而行，白麟在三秦诗坛崭露头角，用血泪演奏出他的"寒门"狂想曲！

"麒麟"进行曲

白麟诗集《风中的独叶草》出版的时候，他已是32岁的大龄青年了，注定是一朵迟开的玫瑰。进入新世纪，在经历了结婚、生子、买房、丧父等一系列人间烟火的考验后，诗人在光怪陆离的大时代和支离破碎的生活中依然发现着不竭的诗意，这是他令人敬佩的过人之处，也是他迈向成功的必由之路！由此，他的第三乐章拉开大幕。

这是一段令人振奋的进行曲，一只瑞兽行走诗坛，水到渠成。报社许多老同志还记得，老总编卢愚在白麟的婚礼上开玩笑说：晚熟的果子最甜！真是应验了这句话，这些年来，纷繁的阅历让他出脱得游刃有余，一手写诗一手写生活，尽管工作、家庭和创作让他几乎成了生活鞭影下的陀螺，甚至有时焦头烂额，但毕竟在往上走且越来越有起色，逐渐引起诗坛的关注。

《星星》《诗潮》《散文诗》《中国诗歌》《中国诗人》《诗歌月刊》等屡见其诗,公开出版诗集《慢下来》《在梦里飞翔》、散文诗集《音画里的暗香》,诗文入选《诗选刊》《散文选刊》《读者》及《中国文学年鉴2014》《影响当代中国人的哲理美文》《中国当代诗人代表作》《当代新现实主义诗歌年选》《百年陕西文艺经典·诗歌百家》《陕西文学六十年作品选·诗歌卷》等选本,编剧的9幕大型乐舞诗画《周秘·玄风》2013年由宝鸡市艺术剧院公演,并连获第22届"东丽杯"全国鲁藜诗歌奖二等奖、陕西省第三届柳青文学奖诗歌新人奖等,受邀参加第四届全国散文诗笔会、"文学陕军"晋京诗歌研讨会等。如今,白麟已是中国作家协会会员、陕西省作家协会第三届签约作家、鲁迅文学院陕西中青年作家研修班学员、省青年文学协会副会长、省职工作协诗歌创作委员会主任,省文艺创作"百人计划"入选作家、陕西文学研究所首届重点研究作家,宝鸡市有突出贡献拔尖人才。

在笔耕不辍的同时,白麟还甘当诗歌义工,策划、组织了诸如陕西诗会、宝鸡新春诗会、宝鸡端午诗会和"振兴宝鸡诗歌学术研讨会"、"关天经济区大关中诗友迎新诗会"、"关天经济区文学座谈会"等活动,领头创办了《阵地》诗报,成立了宝鸡市职工作家协会,创办的宝鸡文学网已举办四届年度文学奖颁奖典礼……许多已成本土文学品牌。

值得一提的是,去年在中国新诗诞生百年之际,他策划组织的"石鼓文化城杯"新丝路诗会,邀请陕甘宁青川五省区的70多位著名诗人、评论家和文学刊物编辑雅聚宝鸡,上演了新西部诗坛的"欢乐颂",诗会盛况被录入中国诗歌学会和北京大学中国诗歌研究院编选的《2017中国诗歌年度报告》;去年由他策划主编的宝鸡本土第一套公开出版的诗丛——《阵地诗丛》11本,由黄河出版传媒集团宁夏人民出版社出版，第二套《阵地文丛》11本最近也即将付梓。

2013年他还发动省市文朋诗友开展向岐山聋人诗人梁亚军安装人工耳蜗捐款活动，共募集爱心捐款53000多元，使其手术顺利完成；这几年他还多次组织作家走进监狱、学校、县区基层一线采风，为《诗选刊》《小品文选刊》等报刊组织宝鸡诗文专辑，培养了一批文学新人，为宝鸡文学创作做出了很大贡献！

"诗人"畅想曲

因为有诗人的底蕴，这几年白麟多才并举，在策划撰稿、音乐文学创作等领域也声名鹊起，成为名副其实的金牌撰稿、第一词家、诗歌领军，成了"三栖明星"。

作为文化策划撰稿人，20多年来，曾担任第27届世界佛教徒联谊会大会开幕式、12集大型人文纪录片《中国精神》、央视直播丙戌年全球华人祭祀炎帝大典、陕西省第15届运动会闭幕式演出、关天经济区文化合作与发展活动启动仪式文艺演出、第六届中国（深圳）国际文博会陕西展馆文艺演出、"陕西好人榜"发布仪式、宝鸡发展大会和上海世博会宝鸡形象片、宝鸡外宣片及宝鸡市创建中国优秀旅游城市、全国园林城市、全国双拥城、全国卫生城市、国家公共文化服务体系示范区宣传片等全国及省市大型文艺演出、春晚、活动、展览和电视专题片等撰稿近200场次，连续为五届宝鸡市道德模范颁奖典礼撰稿。

白麟认为，从《诗经》开始，诗和歌就结成连理，成为诗歌和音乐文学的源头与范本，所以，让诗与歌比翼双飞是他的追求。作为词作家，他的歌词因为诗的浸润而生动、精彩。已出版歌词集《眼里的海》，曾获中国音乐家协会词曲新作"晨钟奖"、第五届陕西省艺术节作词奖、省"五个一工程"奖、二炮第四届业余文艺会演歌曲演唱一等奖等奖项50多次，曾为陕西省第六届残运会暨第二届特奥会、首届全球华人省亲祭祖大会、中国汽车职业模特大赛陕西赛区、甘肃省政法委核心价值观表彰文艺晚会等创作会歌、主题歌，为23集电视剧《情暖万家》、22集电视剧《赤松山魂》及电影《姐十八来郎十八》等创作影视插曲10余首，张也、谭晶、韩磊、周旋、米东风、高咏梅等知名歌唱家都曾演唱过白麟作词的歌曲。他还为杨凌区和宝鸡市渭滨区、金台区、太白县及兰州军区第15批赴刚果（金）维和医疗队等创作行业形象歌曲50余首，《家住渭水边》等多首在央视《中华情》《美丽中国唱起来》等栏目及凤凰卫视、陕西卫视和中国唱片总公司上海公司等演唱、播放或制成CD、MTV，现系中国音乐家协会会员、陕西省音乐文学学会副主席、宝鸡市音乐文学学会主席。

值得一提的是，宝鸡丙戌年全球华人祭祀炎帝大典时，千名少女合唱白麟创作的《祭炎圣歌》；宝鸡"首届中华石鼓文化节"开幕式上，千名少儿在石鼓山上朗诵他的长诗《宝鸡，早安！》；他为宝鸡写的城市形象歌曲《家住渭水边》经由歌唱家张也演唱后传唱不衰……

白麟的"开窍"，归功于他诗人的敏感细腻、词家的通俗生动、文化策划撰稿人的洞明练达，加之记者的冷静洞察，让他的人生丰富多彩。白麟再也回不到那个单纯的读书写诗的年代，然而无论多忙，他心中的诗人情结从未削弱，反而随时间流逝愈见浓厚！

《附庸风雅——对话〈诗经〉》作为2014年度陕西省委宣传部重点文艺创作资助项目，又被列入"陕西青年作家走出去"丛书于2017年8月由西安出版社出版。白麟的这部诗集以情怀重温黄卷、用唯美重述经典，对话经典的互文性书写别出心裁，堪称国内第一部对话《诗经》的新诗集。

如今整个社会急功近利，速配、速食、速成大行其道，一切都被绑架在动车的节奏上忙碌、奔波，到处充斥着物化的白昼，缺少诗意的夜歌！而白麟的《慢下来》《附庸风雅——对话〈诗经〉》等诗集，实际是一首唱给时代的挽歌——"在清风旷野的前世／看我们伪装的今生"。

他是想用诗歌来挽留正在飘逝的纯真爱情、绿色故乡、人文信仰，善意地发出一种隐形警告和人生暗示，呼唤中国人在物质过剩时代急需精神环保，给理想补钙，为信念加钢。这也暗合了当前传统文化回归的时代主旋律！

尾声

白麟是传说中的瑞兽。太白山上有着食古不化的独叶草，古雍州里曾留下独角兽的雪泥鸿爪，或许行走在陈仓大地上的白麟就是那只能够带来福祉的白麒麟，此生注定要以"独叶"、"独角"做矛，在荆棘纵横的世道寻觅一隅心灵高地。

在诗人白麟的作品中，讴歌乡土、描画爱情的诗句很多，抒写城市题材的很少且多以怀疑、反叛的眼神打量它，是城市里的一只"乌鸦"。不过，作为党报记者、词作家和文化策划撰稿人，他却是这座城市公认的唱赞歌的"喜鹊"。只是有时候，他觉得自己是一只被时代异化的狼孩，奔走在城市与乡村之间，吃着城市鼓胀的狼奶却依然留恋乡村的母乳。

人到中年，白麟还在路上。他希望自己新鲜、朴素的诗歌能给大家以生活的阳光和渴望，他期盼自己微薄却温暖的诗句能抚慰这座城市的灵魂！

（原载 2018 年 6 月 28 日《西北信息报》）

创作谈：珍惜生命中那些被熟视无睹的！

每个人年少时对父母、对故乡、对生命那种最原始、最直接、最亲切的感受，会渗透到我们的毛细血管，一生都可能在潜滋暗长……这就是我们的根脉。对从事文学创作的人而言，这就是根性的东西。

但很多人对此常常熟视无睹——或许是因为这些根性的东西一直在眼前庸常着、平淡着，自以为了解、熟悉，其实却被一再蒙蔽。就好像忽视甚至虐待身边的亲人，最残忍的伤害莫过于此！

我们长年累月生活在秦岭脚下，一抬眼就能看到它固化的波浪、万古的伤痕，但依然熟视无睹，一如熟视无睹的亲情、乡愁、友爱和万物的生命。本该一抬眼就能看到，却被城市的浮光掠影、生活的琐碎雾霾等等"浮云"遮了望眼，没有真切感触到它青春时振翅欲飞的渴望、父母般隐忍沉重的佝偻、时光里天长地久的守望……这些朴实无华的关爱犹如草木，需要珍惜；熟视无睹，无异于儿嫌母丑！

远看秦岭，低矮的峰巅平淡无奇，走进才会发现它的大千气象横亘人间万世，它的高拔巍峨神龙逶迤千里。是啊，秦岭是我们的衣食父母，是祖国、祖先的化身，清风明月、林海流云，至今我还清晰地记得屋檐下正在消融的冰锥子，在早春的光影里泛着透亮的、委屈的、孩童般的泪水……

心怀慈悲，才会口吐莲花。技巧可以创新，形式可以变换，但不变的是世道人心，是艺术的良知，这乃文学正道！大作家马尔克斯说：诗是平凡生活的奇迹。我赞同，并以为，去除语言的奇装异服，少点技巧的行为艺术，减免心头的浮华虚情，回归传统，用真诚、真情描画真善美，用初心、爱心倾心风物志，删繁就简、手写我心。所以我愿做个诗歌平民、诗歌义工，一个不装神弄鬼的普通诗人！

在中国新诗诞生百年之际，承继在这片热土上发源的《诗经》抒写真情、关注现实的传统风雅，弘扬在这方沃土上成长起来的文学先辈周公、张载的人文情怀，作为周秦故里的作家，我们自当义不容辞。不要只埋头象牙塔的小我小情，抬头望望高大的秦岭雪峰，思量人生寂灭、发现生命意识，用诗句的绳子挽留正在离你而去的童年的乡土、父母的手温，用诗句的渔网打捞一去不返的青春的背影、时光的眼神，用诗句的光束照亮青春匆忙而遗落在半路上值得捡拾和回味的细枝末节，用诗句的息壤把鲜活的、真切的、带着体温芬芳和泥土馨香的文学之根，留住……

请珍惜生命中那些被熟视无睹的！

（原载 2019 年 4 月《陕西诗歌》）